四方五味

雪小禅 著

江苏凤凰文艺出版社
JIANGSU PHOENIX LITERATURE AND
ART PUBLISHING

图书在版编目（CIP）数据

四方五味 / 雪小禅著. -- 南京 ：江苏凤凰文艺出
版社，2024. 12. -- ISBN 978-7-5594-9048-3

Ⅰ. I267

中国国家版本馆CIP数据核字第20248DG840号

四方五味

雪小禅　著

责任编辑	项雷达
特约编辑	孙文霞　刘文文
封面设计	末末美书
出版发行	江苏凤凰文艺出版社
	南京市中央路 165 号，邮编：210009
网　　址	http://www.jswenyi.com
印　　刷	三河市宏图印务有限公司
开　　本	710 毫米 ×960 毫米　1/16
印　　张	15
字　　数	173 千字
版　　次	2024 年 12 月第 1 版
印　　次	2024 年 12 月第 1 次印刷
书　　号	ISBN 978-7-5594-9048-3
定　　价	59.80 元

江苏凤凰文艺版图书凡印刷、装订错误，可向出版社调换，联系电话025-83280257

菘入日常

齐白石白菜画得好，
三笔两笔，大白菜仿佛刚经了秋霜，
从地里拔出来，带着深秋之气。
我也画白菜，白菜就是百财，食者长命百岁。
我家里墙上到处是我画的大白菜，寓意生财，图吉利。

我俗气而热烈的爱着，爱着世间的万物。

爱情、亲情、器物、风景、猫、好花、好茶，以及有缘路过的人。

我保持着盛年的欲望，不平淡，但天真。

我愿意独朗朗笑灿灿，心窝窝里有滚烫的笑意和热烈，

永远对自己有要求，一直向前走，看到美寻到美，看到好拥抱好～～

抱歉呀，我没有时间去抱怨那些生活中的不如意，

毕竟，养成勃勃生机的气场，明亮亮的往前走，人生和光阴才更美。

你就会遇到能量场更美的光、更好的人。

烟火可旺　灯火可亲

——读雪小禅《四方五味》

认识小禅好多年了，她的写作正在蝶变着、递进着，从最先纯文学的向度，向着跨界大文学的维度进发。

她的写作是高产和恒产的，蓄势待发且勇猛精进着，对写魏碑、画花鸟、听戏煮茶、研究美食亦博涉多优，在这些领域都有细分、掘进、深化的主题式写作。五年前出了一本《少年雪白——手帖志》是读帖札记，这本书拔得同类写作的头筹，影响自是空前。

这一本《四方五味》付梓在即，小禅约我写点文字，我自是荣幸。与这些文字的相遇，是我的"口福"。她的这些美食文字活色生香、烟火升腾，写定的是行走四方的五味俱全。她不是泛泛而写，而是综合了东西南北的地利布排，结合自己行走路线图，构织出独到的美食江湖，包含着不同季节，跨地区、多品类，有赞誉，又夹带批判性，这才是有力度、净干货的文字。这些文字的背后，她是在对美食进行多元的审美，达到了会吃、会做、会写的多能境界。

四方是地理范畴的，一个"吃货"必须行走东西南北，才有遍尝五味的条件和资格。小禅就是这样行侠天下，作为现代人，除了用脚步、舌尖、文字丈量美食的江湖之外，她还借力了飞机、高铁、汽车，这是外力的赋能。四方布局，已是定局，如民谚所传："吉林的蛤蟆，江苏的蟹，两广吃遍自然界。西北的羊肉抵一切，东北的大酱蘸世界。"但小禅是需要自话自说，是必要去破这个已定之局，所以这文字才鬼狐精变出人情冷暖。关于美食，味蕾是立体的，物理中夹杂化学的交融性，美食通过味蕾得到传导，然后诠释，这是生物、生命和生活的联姻，缺一不可。还有通过咀嚼，唇、舌、齿以及口腔的联动，美食得以深化和细化。苦、辣、酸、甜、咸的五味呢，既是物质的，又是精神的，顺势和逆向，和谐与对立，都能产生奇异和美妙的觉知体验。

她的文字，正是沿着这样的理论路径延展的，有着丰满的文学意趣，打亮内在，自带光焰。从宏大的角度讲，她在这样非常细分的领域，成就着细化的表情和达义，有着辽远的历史钩沉、地理分析、物产介绍、工艺描述和风味解读，这种写作非有专注的用心和才学是碰不了、碰不得的。她不但能深入浅出地描摹这些表相的繁花，更能剖解出对应体系的内在罗织，有着别样的洞见。她的写作有着传统文人的学养和风致，风雅且清正着，更有来自本人的生活底蕴和生命体验，个性且神秘着。她的文字有一种生活的激情在推动着写作和阅读的共情。这推动中有着和美食关联的市井的烟火、人情的灯火、品牌的底火和产业的旺火，读她的这些文字，是一种跨界的探寻。读着读着会口舌生津，可以开胃，会有饥饿感袭来啊！

从细腻的节点看，小禅的确是会吃的行家，她能吃出门道、做出门道、写出门道。她在禅园总是在包饺子、炖肉、蒸包子，大伙炒几个菜，煮老茶、听戏、写字和画画，美食是这里的底牌，艺术美学叠加设计美学，成就生活美学。我做梦都想去禅园。

小禅能吃辣，接受不同的辣，在以辣封神的四川菜、重庆菜、湖南菜、江西菜中，她首推江西菜的直辣。饭桌上她总是找辣子，见真性情，面对一大盘辣子，她可以风轻云淡地吃完，是那种炫技且享受的行状。然后给同桌人说："你们看，我吃完了吧。"她的性格和这辣椒分明是一致的，敢爱敢恨、灿烂天真、大开大合。

有一年，她来做客，一道咸、甜、酸的腌萝卜吃得过瘾。吃了不算，走的时候硬是要带一些，要快递一些。这就是我们的共识，美食的好坏就是吃，好吃是王道，吃也不需要学历和学力，好吃就能吃撑，吃出一身汗，吃了还想吃，从头回客到回头客。

我开过馆子，秉持的"平常食材，家常味道，民间工艺，健康品质"，小禅是认可的；"好食材 + 好工艺 = 好味道"，小禅更是认可的；小吃就是"吃当地、吃当季、吃当即"，小禅还是认可的。她一再地认可，我这心里就更有底气了。

我和小禅谈豆腐，那种会心不需要多一个字，感觉都是和豆腐神交过的。我们家开过豆腐坊，每年的秋冬，村里人都会来我家买豆腐。我家有三孔土窑，其中一孔前边住人，后边磨豆腐。我十岁就能做豆腐，还给邻居桂梧哥帮忙做豆腐，那时候我个子还没有豆腐锅高。小禅写过《吃豆腐》《臭豆腐》。她写了卤水点豆腐的神奇；写了小葱拌豆腐是绝配；炸豆腐、豆腐丸子是豆腐另一种做法；过瘾的臭豆腐吃法必须以臭为香——这些经历我同样有过，只是她写的更是入木三分。

方言、美食、戏曲都是日常之美，三者间存在强捆绑。每个剧种的道白必是方言为基，而喜欢听同一剧种的人，美食习惯大抵是相同的。吃油泼面、说西北话、唱秦腔在西北五省是通行的。再比如，吃烩面、说中原腔，肯定能听豫剧。懂吃喝的同时，还懂戏曲和方言，这是小禅的强项。所以，她的这些美食文字，能写出地方风情，这风味就会更不一般啊！会通过文字让你产生想念，那些美食的细节和场景会来勾魂，是能要命的想吃。

有了好菜，小禅也好小酌到微醺。有一次在西安，花生米、拍黄瓜、猪头肉、松花蛋作为下酒的绝配，虽是小菜，却有大境，我们说着"柴米油盐酱醋茶琴棋书画诗酒花"，这人间多美，这十四件事既有物质的，又是精神的，除了"琴棋书画诗"之外，其他都是直接关乎美食，不直接的这五项，皆可为美食助兴，那是加持啊！我们又谈到，这酒是谁发明的？无酒不成宴，没有酒的助推，美食就真的没有灵魂。我给她分享了一个白酒的民谣："装在瓶里像水，装在肚里闹鬼。说起话来走嘴，走起路来闪腿。半夜起来找水，早上有点后悔。到了第二天中午晚上，酒杯一端，还挺美！"汉语真是神奇，押韵还诙谐幽默，我们会心一笑，一饮而尽；那天虽是小酌，却喝出了李白"举杯邀明月，对影成三人"的感觉。

美食写作可以看作是性情的写作，需要听觉、视觉、嗅觉、触觉、味觉、直觉等共同的见证。小禅是一个觉者，全方位，多层面，保持着对写作主体的敬畏感，然后深入内核，用文字构筑自己的吃喝版图。小禅的《四方五味》写了她的美食江湖，这些琐碎在地图上是真实存在的。

又是和她谈到吃喝玩乐，遵循小禅的推荐，我买了袁枚的《随园食单》、李渔《闲情偶记》的古籍影印本，前一本是关于美食，后一本是关于戏曲。我和小禅有约定，有条件的时候，一定养一个厨师班底和一个戏曲班社，就是袁枚和李渔的生活，为此理想，我用毛笔把这两本经典抄了多遍，每一遍都有不同的理解，眼过千遍，不如手过一遍，这是一种日课。白话文的美食写作，也不乏经典，自然也有许多闪亮的名字：周作人、梁实秋、汪曾祺、蔡澜、沈宏非、陈晓卿——这些名字背后的美食文字各有家范，自是在美食的田野中闲庭信步。小禅也爱读经典，但她一定有自己的吃法、做法和写法，她还重在地域的风物、风俗和风情对美食的托举，一方食材和人文成就一方美食，这是谁也改变不了的传承法则。

　　小禅的美食文字是厚实、鲜活、深入的，是生活、旅行、从业的消遣、指南、地图和说明，有此功用，她的文字是足可传世的，像前人的经典一样，传承有序而薪火不灭。

　　烟火可旺，灯火可亲。这句话多好，恰适她的这些美食文字，就写予她了。

　　愿她美好，愿读到这些文字的读者美好。

李建森

2024 年秋于山西霍州

目录

鱼羡稻饭常餐也

面痴

我是真喜欢吃面。全国各地的面，各种各样的面。尤喜欢西北面和山西面，难忘吃过的一碗碗面，还未下笔，各种场景已复原。

近些年去西安出差颇多——西安不如长安好听。写长安的诗句一抓一把：一日看尽长安花；长安不见使人愁；长相思，在长安……长安的故事太多，长安的面也多：擀面皮、臊子面、油泼面（据说只有关中小麦才能做出来那么好吃的面！）……油泼面关键在于"油泼"，那滚烫的菜油泼在面里的调料上，刺啦一声，满碗红光灿烂，面又筋道，随便找一个小饭店去吃，味道都很西安。岐山臊子面最正宗，以薄、筋、酸、香、辣出名，臊子就是肉末，小时候父亲给我做过，我不知道臊子是什么，反复追问，那是 20 世纪 80 年代，父亲说：臊子就是臊子。等于没说。

裤带面太壮阔，又叫 Biang biang 面，那两个字真难写，但又有说不出的美感。裤带面真像裤带，宽二三寸，长度一米左右，吃的时候要用全身力气。我坐在大雁塔下吃裤带面，听风铃，觉得上辈子是长安人。

但我最爱的是驴蹄子面。

我与表妹在袁家村逛吃逛喝，爱上了那里的驴蹄子面和牛肉饼。据说在陕西乾县，驴蹄子面切起来眼花缭乱，如舞蹈一样，我与表妹牛肉饼就驴蹄子面，吃得不亦乐乎。每到西安，必吃驴蹄子面，吃了，半天不饿，去看碑林、陕博，逛一圈儿，还不饿。

有一天半夜想吃驴蹄子面，于是起来自己做，也油泼了辣子，也做了肉末，做出来就不是那个味儿。想了想，因为人没有在西安。于是发了微博：想吃驴蹄子面。响应者众。人民群众对吃这件事情，永远有那么高的热忱。我们热烈地讨论哪里的面好吃，很多山西人跑了出来，说山西面全球第一，兰州拉面又跑了出来……总之，家家有本引以为傲的面经。

山西面的确厉害，的确。近几年我去山西的次数应该排第一了，可能因为去山西卫视做节目多，山西面吃得也格外多。

山西刀削面——一团面顶在脑袋上，一手拿刀，在头上把面削到离自己四五米的大锅里，后来也有人把那面放在手上端着削。我摸过那块面，坚硬如铁，我也和面做过，失败。刀削面必须面好，必须硬，全凭刀削那一刹那——削出的面片中厚边薄，似柳叶、似飞刀，外滑内筋。刀削面像一场武功表演，高手过招，眨眼间削出无数小飞刀，这小飞刀又是化骨绵掌，刹那间成为胃里的绕指柔。

汾城膫子面也好吃：和下面，铁蛋蛋，擀下面，圆旋旋，下到锅里莲花转转，舀到碗里飘飘牡丹，吃到嘴里拉丝线线……简直是首好听的民歌哩。

有一年，我吃了一个夏天的豆角焖面。山西阳泉的韩姐和我住在一起，她拿手的就是豆角焖面——把豆角肉丝炒了，把自己擀的面条（一定要加碱的面条才好吃）铺在上面，盖上锅焖（小火），熟了放蒜、鸡精、香油，再就上几瓣新蒜，简直可以馋到流泪。

山西人心尖上，都有这碗豆角焖面。为什么是豆角不是别的？没有人知道。也换过别的菜，比如蒜薹，比如芹菜，比如洋白菜，至少在感觉上，不如豆角。豆角是灵魂，先入为主、占山为王，在盛夏，吃豆角焖面真是人间至美。

对，还有迷死人的"猫耳朵"。猫耳朵也是山西有名的面食。面和得软软的，搓成条，压成蚕豆大小的块，用拇指和食指提着一碾，立刻成了猫耳朵。几百个搓好的猫耳朵下锅煮熟，加各种配料，可用虾仁、蟹肉、冬菇、火腿等打成卤，是我的最爱。

对对对，还有"不烂子"。这三个字比"猫耳朵"还来劲！世界上居然有食物叫"不烂子"！简直不要太性感。可用槐花做，也可用土豆丝做（大多数用土豆丝做），土豆丝过一遍水，撒白面拌匀上笼屉蒸，然后用葱姜蒜辣椒爆炒，撒蒜末香油出锅，又香又韧又迷人，我吃三碗不烂子都不下桌子，嚷着：再来一碗！

面的制法有许多种：擀、抻、切、削、揪、压、搓、拨、捻、剔、拉……我做手擀面是一绝，全卤全码。先和面，用豆面、三合面和，加碱和鸡蛋，有韧劲。铺开手擀，节奏自己控制，这个场面堪比艺术创作，一前一后用劲。擀成的面片叠好切丝，考验刀工，要整齐划一，要看着舒服。

打卤面不仅可以是西红柿鸡蛋面，还可以用面筋、香菇、黑木耳、虾仁……菜码有绿豆芽、菠菜、黄瓜、胡萝卜、豆角、芹菜……除了饺子，这是我在禅园最过硬的手艺，每次招待亲友，总要露一手。

还有四川的担担面，我多加辣子。还有火遍全国的重庆小面，每到重庆，按照排行榜吃，至少吃过二三十家，家家特别重庆。当然，也是加辣。我所在的城市也有很多家重庆小面，不太重庆，重庆小面只有在重庆才是自己。像兰州拉面和牛肉面，在热气腾腾的兰州小馆子，随便一家，味道都不会太差。

我很多年没去兰州了。有一年到兰州，《读者》杂志还在鼎盛时期，出版社几乎全部出动接待了我——我们坐在一辆公交车上，她们说包了公交车来接我，我们吃着大碗的"马子禄"牛肉面，看着滔滔黄河水……有时候吃饭要看何时何地与何人在一起吃，这太重要了。那个场景回忆起来，太像电影了。如果有人故去，再回首，又是一番心酸。食物有时不仅仅是食物，是维系人和人的纽带。你和最爱的人吃过的那碗面，到死都不会忘。

那些吃过的食物，仿佛一盏盏灯，照亮着黯淡的光阴和生活，提醒着去过哪里、见过谁。

难忘的还有湖北的热干面，一个人在武汉街头，边吃边落泪，那是丁酉年春天，仿佛永远过不完的春天。

后来，每吃热干面都想起那个春天。但我仍然热爱热干面，爱它的热、黏、辣、香，一滴水没有的热干面，是黏稠的恋人。

前几天去河南郑州出差，河南郑州美食协会会长赵老师带我去吃烩面，得劲儿。烩面是羊肉高汤熬制的汤底，有粉条、豆皮……老高汤是绝配。

如果是春天，我一定要到苏州或上海，吃碗"阳春面"，这名字太好了，浇头更好，我浇上蟹黄停不下筷子。

方便面也是面，半夜饿了，没有比它更方便的面，最近爱吃"汤达人"，深夜食堂必备。

…………

面痴一生，一生吃面，心尖尖上总放着这样一碗面，人生快哉！

蒸馒头

现在抖音上南北方的较量越来越火热化——温度、气候、建筑、经济、饮食习惯……但我总结了，南方北方最重要的区别还是一条：吃米饭还是吃面食？

主食吃什么，基本决定是南人还是北人：北人吃面，南人吃米，我真见过极端的人，宁可挨饿不食一粒米，也有眼睁睁看着刚出锅的葱油饼不吃的人，就贪恋那一口热腾腾的米饭。

日本人管吃米的人叫"粒食主义者"，管吃面的人叫"粉食主义者"。

毫无疑问，我是粉食主义者。我是北方人，我喜食面，但也偶尔吃米饭，比如红烧了排骨，炖了鱼，做了羊肉丸子汤，还是觉得有碗米饭最相宜。

面食里，我最爱吃纯碱的大馒头——真的，我是山东人，我常和朋友开玩笑说："我是大明湖畔的夏雨荷。"山东人爱吃大馒头，抗疫期间，援鄂医疗队初到武汉，因为天天米饭胃口大减，后来新闻上就有了热气腾腾的山东大馒头，看了令人动容。

我母亲不怎么会做饭，但有两件拿手本事：一件是蒸馒头，一件是炭火炖肉。

现在很多的美食博主教人们如何用酵母，说面里要加点白糖什么的。记得疫情时候酵母粉卖得最快——所有人都窝在家里用酵母粉蒸馒头、蒸花卷、做油饼……我把视频给80岁的老母亲看，她用力地撇了撇嘴说："酵母粉做出的那个东西能吃吗！"她不买用酵母粉蒸的馒头，用她的话说："软绵绵的和棉花套子一样，一股子化肥味儿，也不知道谁发明的酵母粉这个东西！"

我母亲每次蒸好馒头、豆包、花卷的时候，要留下一小块面，她叫"面肥"，留着下次发面用，有的地方叫面窖子，有的地方叫面起子，有的地方叫面引子……都好听，生动极了。面肥、面起子、面引子等蒸出来的馒头有麦子香，什么菜都不用就，就刚出锅的馒头，热气腾腾的馒头放进嘴里，一口口的全是麦香，人间值得啊。

教程如下。

将上次发面留下的面肥放盆里，再舀上几碗面（看蒸多少），我一般用二斤面，然后和的面要硬点，面肥和面和在一起，面和好了等面发起来。

多长时间呢？

一般要七八个小时。如果在夏天两三个小时就行，冬天要整整一天才发酵。

面发到从前的三四倍才好，又大又肥的一盆面——爆盆的状态最佳。冬天时我晚上发面，早晨起来一看，一定是爆盆的。

关键来了。

要用碱了。

是的，纯碱开花大馒头必须用碱，碱用多了馒头就死了，会发黄，成为一个个黄石头一样。碱用少了馒头会酸，没有嚼劲。

用多少呢？

这真是技术活儿，是哲学。

碱面用开水冲了，然后酌量少许倒入发好的面里。

酌量少许是多少呢？

我真无法清晰地告诉你。

我这半生，总蒸了有上千锅馒头，但，有放碱多太黄了的，有放碱少太酸了的……但终于，我练就了一身蒸馒头的本事——能蒸出一锅香香的手工纯碱大馒头。

用多少碱全凭个人经验，谁也教不了谁，必须亲自上战场，必须身经百战，靠想象完全没有用。我们不是西方人，放多少克盐、用多少克油，要拿秤称，我们完全靠感觉，感觉太要命了。感觉是什么？是做过几千次饭后的度量衡，是尺度、是分寸、是恰恰好，是拿在手上一闻，说：行了，碱够了。

多像人生啊——有人告诉你怎么走也没用，你必须深一脚浅一脚亲尝。

自己才是人生的主宰者，不要对别人期待太多，不要期待那么多感同身受。有时候看上去的静水流深和波澜不惊是对付生活的技巧，一个人把生活的不快悄悄埋葬，个中滋味，必须亲历。

用碱之后还有一个重点：揉面。面要反复揉，揉得越久馒头越好吃，中途如果再加点面粉，就是戗面馒头，蒸出来会一层层的，揭一层吃一口，再揭一层，再吃一口，太要命了。

用掺了碱的面做成剂子。大馒头做大剂子，小馒头做小剂子。

然后揉成馒头形状，放上蒸锅，开水上锅，上气之后蒸二十分钟。基本是在大火和中火状态。

二十分钟后掀开锅，一摁，馒头"腾"起来了，熟了。

放三四分钟，出锅。

如果有闲情，馒头上点个红点——小时候过年，家里都要点上那个红点，像平凡生活中的希望和爱。

我小时候和外婆在农村生活过几年——那时我六七岁，看她蒸馒头，用铁锅，烧柴火。

在院子里，老槐树下，她自己垒了灶台——用砖和泥土，然后支起一个六人锅——她喜欢大锅，觉得人生热烈。

外婆蒸发的大馒头真好吃啊，挨着锅边的总是会有一层黄黄的、锅巴一样的东西，我总是会抠下来都吃掉。外婆一边骂我一边给自己发边别一朵玉簪花，那年她50岁。而今年想起这些时，我50岁。

还记得小时候过年，外婆总会蒸上一大缸馒头，放在天寒地冻的窗外，随吃随拿。

她还会蒸年糕、枣糕，做元宵，通通放到那个大水缸里，可以吃一个正月。这个正月她是最美的，不用再做饭，到时候热一下就能吃了。剩下的时间她打扮得漂漂亮亮，要去和老太太们打纸牌。她赢钱的时候多。

写到这些的时候泪水出来了，我以为快忘记外婆的样子了，三十年了，我以为快忘了，却还在。

有一次我去南方出差久了，吃了一个月米饭，我想念极了北方的纯碱大馒头——我吃不下南方软软的奶油馒头，觉得简直是在骗我的味蕾。

我去超市买了一袋面粉，去朋友家蒸馒头，自己做了面起子，就是和一小块面让它发酵两天。我开始用面粉了，这位南方的朋友说："你居然要吃洗衣粉吗？"她从来不知道面粉长什么样子。

就这样，我吃上了"洗衣粉"。

鱼羹稻饭常餐也

我的味蕾全部在惊叫、在跳舞，这种感受我怎么形容呢？一个吃了一个月米饭的北方人终于在南方吃上了纯碱馒头，一口下去，我快热泪盈眶了——像历经千难万险终于找到了亲人和组织，像受了天大的委屈似的。

当然，面粉也很重要。

石磨面粉最香，不那么白，却全是麦子的味道。杨姐给了我一袋石磨面粉，她自己种的麦子，她自己磨的面。

馒头蒸出来，因为是今年的新麦，全是麦子香啊。

我掰开馒头，抹上香油、麻酱、少许盐……然后，我一口气吃了三个。

我觉得人生巅峰也就这意思了。

丸子

丸子真是一个神奇的存在。

我小时候对于食物最深刻的记忆就有羊肉丸子汤——父亲下班回家后开始剁羊肉，然后用花椒水、香油、五香粉、盐调馅儿。馅儿有了浆性，上了劲儿，就用手团成丸子下到锅里，然后再加上粉丝，临出锅加芫荽、香油，一屋子的羊肉丸子味道。

那时的羊肉真膻，味道几天都不散，把丸子汤倒在刚出锅的米饭上，香极了。我去上学时同桌就说："你们家吃羊肉了。"

现在去很多饭店吃涮羊肉，都是机器切的羊肉卷，吃到嘴里几乎没什么羊肉味儿。现在觉得什么都是小时候好，因为无论什么食材都是最原始最朴素的。20 世纪 70 年代出生的人，小时候营养食品并不丰富，但那时候还没有那么多加工食品，连红烧肉都香得流油——猪至少养一年才出圈，绝不添加这个精那个精。

猪肉丸子也好吃，调馅儿是关键。手工剁肉最好——爱吃肥点儿的用五花肉，爱吃瘦点儿的用后腿肉。手工剁馅能把肉的纤维莫名组织在一起，有黏性。加水少许，可以打上一个鸡蛋，再加生抽、老抽、十三香、盐、葱、姜……最后淋上香油镇住水分。

丸子从食指和拇指空隙中挤出，跳进高汤的锅里，几分钟就熟了，加芫荽、香油出锅，已经够鲜美的东西勿再加鸡精、味精，是多余之举了。

这种丸子汤，我往往配上东北大米，可干掉两碗米饭。

我们这儿还做豆腐丸子和萝卜丸子。每到冬天，这两种丸子简直是重要角色。北方的冬天凛冽，在我小时候，最深的印象是永远吃土豆、白菜、萝卜……每家几乎都有菜窖。最近抖音上特别火的"张同学"，看到他去菜窖里拿萝卜、白菜，看到他泡发黄豆，然后去磨坊里做豆腐……

七八岁的时候，母亲会喊我："莲，去菜窖里拿萝卜，咱做萝卜丸子吃。"白萝卜、红萝卜、脆萝卜……各种萝卜都能做成丸子。萝卜擦成丝，加淀粉、十三香、葱花、姜末……然后用手挤成一个个小丸子，放在那热油锅中炸，中火炸就行。

刚出锅的丸子又脆又香，还带着萝卜的香气，像是冬天里最好的依靠一样。父亲再用辣椒和重油爆炒一下，简直是活不成了。过年的时候家里做一大盆萝卜丸子，来了亲朋好友重新炸一遍，是个硬菜。

豆腐丸子就更来劲了。东北豆腐丸子最好吃，东北豆腐硬。街上卖豆腐的推着小车来了，外婆便拿着黄豆去换豆腐——典型的以物易物，真是朴素啊。还有卖香油的，外婆也会拿着自家产的芝麻去换香油。那是我儿时的记忆，再也没有了。

豆腐捏碎，加盐、五香粉、十三香、葱、淀粉、姜末，还可以加上肉馅儿，但多数时候会做素丸子。

豆腐捏成丸子放进油锅慢慢炸，炸至金黄，外酥里嫩就出锅，趁热吃，蘸上点孜然粉，香极了。

我一个人能吃一大盘子，就坐在外婆的灶膛边。

柴火照着我的脸，红彤彤的，我手里捏着刚出锅的豆腐丸子，因为太热，左手倒右手，吹着热气，嘴里哈着热——想起来是童年最动人的一幕了。

去过潮汕多次，印象最深的除了没落的那些建筑、风物、习俗……最让我记忆深刻的是满街的牛肉丸子。手工、捶打、撒尿牛肉丸遍地都是。如果在潮汕没有吃牛肉丸子简直不能说去过潮汕。

我在那里住了一个月，吃了一个月各种肠粉、各种粿汤、各种牛肉丸子……我敢保证潮汕的牛肉丸子是真好吃，嚼劲大，有筋性，扔到地上能弹好久。

后来回北方，我带了很多牛肉丸子——煲汤、涮锅、做面条……放几粒牛肉丸，一屋子都香，迷离着一种氛围，如果正好下雪，如果是三五知己，如果再有一瓶女儿红，那么，来吧。

马姐会做滑丸子。

她来当我助理时带来了红薯淀粉和黄豆扁子。红薯淀粉用来做滑丸子，黄豆扁子和玉米面熬在一起，叫豆扁子糊涂，是一种山东的粥，有浓烈的豆味。

她用白菜做了滑丸子。白菜剁碎加盐去水，五花肉剁碎加香油、五香粉、老抽、生抽、葱、姜、盐拌馅儿，然后把白菜和肉馅绞在一起，再加大量红薯粉，上了黏性捏成丸子状上锅蒸，二十分钟后滑丸子就出锅，又黏又烫又好吃。总之，我第一次吃觉得新鲜极了。

冷却了可做汤，也可以炒着吃——人民群众在困难年代想出的美食总是有很多吃法。

章鱼小丸子和我们想的好像不是一个概念。成分就不一样：章鱼、章鱼烧粉、柴鱼片、海苔、沙拉酱、章鱼烧酱等。年轻人喜欢吃，我儿子还加芝士吃，味道奇特。

我在福建吃到的鱼丸也好吃。各种各样的鱼丸——鳗鱼丸、黄鱼丸、马鲛鱼丸……去刺剁碎鱼肉，加适量姜汁、食盐、味精捣成鱼泥，调进番薯粉，搅匀后挤成圆球，入沸汤煮熟。

福建临海，在海边吃鱼丸、海鲜，听闽南语歌，想起来也真是愉悦呢。

虾丸也好吃。

我表妹是有耐心的人，把鲜虾一个个剥了，手挑了虾线，然后剁成虾泥，加她自己的独创秘方做虾丸给我吃，鲜美极了。我自己试着也做了几次，远不如我表妹做的好吃。我表妹是天生的厨子，她胖乎乎的像个小熊，她为这个操心、为那个操心，打开手掌一手乱掌纹，她说天生是操心的命，我想想就心酸，自己还给她添了那么多麻烦，真不应该。

还有著名的四喜丸子。

喜事必备。结婚新人的招待宴会上，这道菜必不可少。

又大又圆的四喜丸子端上来，喜事算办了。从某种意义上讲，四喜丸子是人生大喜事一锤定音的食物。

肉剁碎，莲藕切末，香菇切丁，姜末、葱末、生抽、老抽、十三香、鸡蛋、马蹄高汤拌馅儿，馅顺时针方向搅拌，直到手上感觉有了筋性，肉馅儿就可以了。

也有四喜丸子里放海参、海虾的，也好吃。

为什么叫四喜丸子？寓意美好：福、禄、寿、喜。

四喜丸子个儿极大，不易熟，要先炸后蒸。

制作的关键是拌肉馅儿时不要加淀粉，油五成热丸子下锅，八成熟捞出。

然后把炸得半熟的丸子放入容器中，加入酱油、高汤、盐、葱段、姜片、大料，上锅蒸三十分钟。如果个儿大时间还要长，很多厨师要蒸

四方五味

一个小时，最后出锅时，水淀粉勾芡，尘埃落定。

我小时候一听去谁家里吃四喜丸子，就知道这家要娶媳妇儿或要嫁女儿了。

在某种意义上，丸子代表了中国人渴盼团团圆圆的心思。

在辛丑年冬天，大雪纷飞的日子，我亲自做了四喜丸子，就为了人生平平安安、福禄寿喜、团团圆圆。

吃豆腐

豆腐是家常菜。

从小吃小葱拌豆腐，硬生生的，好吃。母亲用手抓鲜豆腐，拌上小小的细葱碎，白的白，绿的绿，这个菜在饭店里叫"一清二白"。

也爱吃红烧豆腐。把豆腐用油煎成两面金黄，放葱、姜、蒜、郫县豆瓣爆炒，少许老陈醋和糖，如果再加上肉末炒就更好吃，这是我的拿手菜，儿子每次要吃两碗米饭。

麻婆豆腐是川菜中的灵魂——麻是重点，川菜离了麻椒不活。

里面的辅料迷人：蒜苗、牛肉末、豆瓣酱、辣椒面、花椒面，这个菜，麻、辣、鲜、香、烫、嫩、酥，是老百姓心上的菜，和家常、日常贴心贴肺。我不信谁没吃过麻婆豆腐，这是一个四川厨子的看家本事。

我也做麻婆豆腐，但总觉得少点意思。后来我想通了，是因为没在四川，菌群、调料、水、豆腐都不一样。

北方豆腐硬。我去豆腐坊，见过卤水点豆腐，卤水真是神奇，点进去就成了豆腐——真是一物降一物。

《白毛女》中杨白劳好像就是喝卤水死的。

童年时，外婆早起，拿了家里的黄豆，带我去换豆腐。

卖豆腐的站在街口处，腰上围一个白围裙，白展展的，拉着他的一车豆腐，神奇得很，仿佛拉了一车宝藏。

四方五味

他掀开那块盖着豆腐的布，用刀切下一块，我托着那块豆腐回家，小心翼翼。有一次豆腐掉到草灰里，生怕外婆骂。她说没事没事，可以做成臭豆腐。

那块豆腐被草灰埋了，后来真的慢慢臭了。

看丰子恺先生《缘缘堂随笔》，里面写到吃豆腐：冬天围炉，将豆腐放在锅里，热水煮着。孩子们围着炉子吃豆腐，夹起一块蘸酱油吃。想想就是人间烟火——家人闲坐，灯火可亲。

春天里香椿下来了，做什么最好吃？香椿拌豆腐！就放点盐、香油，齐了！

不用放鸡精、味精，千万别放，放了绝对是画蛇添足。香椿的味道足以夺人，用豆腐的清冷散淡压压惊，是绝配。

豆腐渣也是好东西，晒干了喂猪是农民常干的事情。

热乎的豆腐渣可以爆炒了吃。用猪油炒，放上贵州辣椒，多放，葱也要多，要爆火炒，如果新出锅的大饼卷上这样的豆腐渣，给个神仙也不换。就是太费猪油了。我每次看到白白的猪油就有一种冲动，想炒点儿什么才对得起那白嫩嫩的猪油。猪油太诱惑我了。

好多外地人以为豆汁儿是豆浆，其实不是。豆汁儿是另外一种食物——制造绿豆粉丝的下脚料叫豆汁，有点像臭豆腐，又酸又馊的味道，吃不习惯的人会掩鼻。有一个明星叫关晓彤，有一天在抖音上晒吃焦圈儿、喝豆汁儿，一看就是北京的姑娘。

我去北京闲逛多，我们在北京六环，三晃六晃就到北京内城了。到潘家园逛完地摊、日坛看完古松、雍和宫上完香，就溜达着喝豆汁儿去。

那种奇怪的感觉像吃苦瓜、臭豆腐，也说不上为什么迷恋，上了瘾。臭就是香，这很辩证。远在国外的老北京人，回北京喝着豆汁儿哇哇哭，一点儿不过分——人的味蕾是十七八岁前形成的。

牵动人思乡的，除了灵魂，就是舌尖上的记忆了。

我喜欢戏曲。京剧有《豆汁记》，又名《鸿鸾禧》《金玉奴》《棒打薄情郎》。

这是地道荀派戏，老荀派真好。荀慧生妖极了。黄少华是荀慧生的学生，我去天津看她，她住老式居民楼，墙上挂着她和荀慧生先生的合影。

她开口给我唱《金玉奴》，我在旁边包饺子，一边包一边落泪。她快80岁了，声音和小姑娘似的。

《豆汁记》是这样让人心酸的故事：落魄到连乞丐都不如的穷书生倒在一个叫花子门外，叫花子叫金松，女儿叫金玉奴，可怜他给了他一碗豆汁儿救命。书生莫稽盛为报答救命之恩"以身相许"，考中功名后即来害金玉奴……大恩即大仇啊。

快过年了，庚子年过得真慢啊，好不容易熬到腊月初一，我囤了很多豆腐，我把豆腐捏碎了，放了十三香、胡椒粉、盐，炸豆腐丸子吃，脆得很。我外婆一到过年就炸豆腐丸子，炸一大盆，说有个年味。我祖母把煎豆腐和猪肉、白菜、粉条烩在一起，是一个地道的北方烩菜。从小到大，豆腐是北方人春节的重要角色。

天色微茫，黄昏的灯亮了起来，我炸着豆腐丸子，做着豆腐、肉、白菜、粉条的烩菜，想念着外婆和祖母。

菘入日常

知道大白菜叫"菘"时，还是吓了一跳。那是几年前，我深夜偶翻到一本书写到白菜，知道它叫了这样好的一个字：菘。

"菘"字美到心跳，有自带的光芒，那草字头生动，松字就更好，上下配起来，简直天造地设。

想来简直没有比大白菜更日常的菜了。北方一整个儿冬天，凛洌、寒冷、料峭。童年和少年对餐桌上的记忆仿佛只有一棵白菜。哦，不，是一窖白菜。

一日三餐都是白菜，母亲的厨艺又不尽如人意，她活得简直朴素粗糙，不会变着花样做白菜——我长大后学会白菜的几十种做法，但母亲只会"熬"白菜，后来方觉这个"熬"字好。

光阴其实也是慢慢熬的，少年时觉得过不完，天寒地冻披了一身星光去上学，亦不觉得有多苦。回到家中便是母亲熬的白菜，佐以永远不变的窝头。有至少两年，我只能吃这两种食物，以致后来多年我不吃白菜和窝头。

母亲熬白菜是这样的，把白菜切成块，简单炝下锅，有时会放上一块羊油或猪油，再放上大料，把水和白菜倒进锅里，一会儿就熬好了。羊油的气味充斥着整个房间，下了夜班的父亲会吃上三大碗。

父亲70岁了，依然爱吃这一口，吃了一辈子也没吃够——我每每回家，母亲又在为父亲熬白菜，只不过羊油放得多，里面又加了羊肉。

父亲说："百菜不如白菜，那些奇怪的菜我都不爱吃，你妈做的熬白菜是全天下最好吃的菜。"

少时看人种白菜，立秋一过，把菜籽撒在地上，立冬了才收。还记得穿了棉衣去和大人收白菜，整个华北平原仿佛全是白菜了——这是一冬的菜呢。

有一种白菜叫"愣头青"，身子是淡青色，好看。熬出白菜有淡淡的甜味。从前我不知八大山人、齐白石，十一二岁的少年在野地里跑着，也不去地里收白菜。大人们忙着，我们尖叫着，再看大人们把白菜放到地窖中去，觉得一个冬天要吃这一种菜，懊恼极了，悲伤极了。

父亲带我去北京，北京胡同里也摆满白菜，我以为北京人会吃肉，原来也和我们一样吃白菜，顿时觉得释然。拉着驴车的人在兜售白菜，一分钱一斤，没人买，家家户户都有白菜。白菜是冬天的精神支撑，是天寒地冻的温暖。

过年时母亲会炖肉，加上白菜、粉条，我简直觉得那时的白菜好吃到惊天动地。小孩子天天盼过年，穿新衣吃肉，连白菜也变得富贵好吃起来。

齐白石的画原本有一种日常的亲，这种亲是温暖的，是贴心贴肺的，犹爱他画的那棵白菜，三笔两笔，生动异常，感觉都能炒了来吃——这是白石老人的可爱。历经百转千回，仍然觉得日子是温暖的、有温度的。

去台北故宫博物院看玉白菜，想那皇家人想必也爱吃这家常的白菜呢。

有时想，没有白菜，北方人的冬天会有多寂寥呢？再有雪，一家人围着炉子上的白菜说话，再有块烤红薯，简直是天堂。

后来家里渐渐富裕起来，母亲不再熬白菜，买了咖啡，父亲买了JBL音响，我穿了匡威。长大之后我开始迷恋厨艺，腌了白菜，又泡了酸菜，把酸菜和肥猪肉一起炖，还做糖醋白菜。白菜还能蒸了吃，撒上椒盐……我对美食有天生的敏感。

白菜在我手里被做成几十种样子，有一次买了日本的关东煮料，煮上白菜，一屋子的清香。我以为已经腻烦了白菜，它却依然霸占着光阴中最重要的部分。那日常原本是惊天动地，那所谓的惊天动地就是日常。

如今，街上没有拉着那驴车卖白菜的人了，大白菜裹上保鲜膜进了超市，也价格不菲了。我忽然想起家乡的菜窖。少年时在里面捉迷藏，有一次在窖中居然睡着了。醒来时满天星光，而周围全是这种叫菘的白菜。

由于工作关系长期出差，我吃到了很多种做法的白菜，每次涮肉我都会叫上一盘大白菜，但都不及母亲做的熬白菜。用柴火慢慢熬，羊油的味道要熬出来。

而我仿佛还是那个少年，藏在地窖里，一个人看满天星光。

肥肠

吃肥肠真是一件无比愉悦的事情。不吃肥肠的人生少了很多乐趣。

用吃不吃肥肠、猪油、臭豆腐来检验这个人是否和自己臭味相投，百试不爽。

我的"狐朋狗友"们这三样全吃，这快成为我们这帮"吃货"交友的标准了。

我记得小时候我母亲洗肥肠，一大盆肥肠，肥嘟嘟的在盆里，她用碱搓那些肥肠，说洗不干净就有屎味。

之后又用玉米面搓，很粗糙的那种玉米面，"这样就更干净了"。洗出来的肥肠再放进大锅里卤，这个过程太迷人了。

卤好的肥肠可以加芫荽和蒜汁凉拌，也可以爆炒，也可以做干锅。熘肥肠真是要命，重油大火，多放辣椒和蒜，肥肠的油被爆炒出来，可加青椒和木耳，少许糖提味。我可以吃两盘子。

干锅肥肠更妙。干锅系列我都喜欢，总觉得那爆裂的声音迷人极了，可以幸福到含泪吃几大碗米饭，绝对的米饭杀手——不老不嫩，又辣又香。肥肠在辣椒、洋葱、小米辣、生姜、香菜的拥抱下十分慵懒，红油包裹着它，简直是个迷人的"老妖精"。

也吃过炸肥肠。炸得脆脆的，稍微焦些更好。口腔里发出无比愉悦的声音，这种脆脆的肥肠吃起来有生命危险——因为太香了，小心心脏激动。

我喜欢听陈晓卿谈吃，一边听一边流口水。他有一次谈肥肠，说2008年地震的时候去汶川，中途在一个小饭店吃饭，小店的菜简直迷人极了。上来一盘香死人的熘肥肠时，地震又开始了。

面对生死，陈晓卿先生选择了熘肥肠——他说死也要吃到这一盘熘肥肠，不能当一个饿死鬼。我无比赞同他的观点，我无数次表示过，人生的尽头必须有美食相伴——我腻味假文艺真矫情的人。

一个人想活得顶别人八辈子，第一是有趣，第二是真实，第三是有个好胃，能尝天下美食。

肥肠太检验一个"馋人"了。一盘熘肥肠面前能面不改色心不跳的人（假若他爱吃肥肠），这样的人，想想都恐怖——他连肥肠都能拒绝。

有人问我的梦想。我想了想，每一个阶段都不一样：10岁时，我希望每天有大白兔奶糖吃；20岁我想谈轰轰烈烈的恋爱；30岁我想周游世界；40岁我想财务自由；50岁呢？第一身体健康，第二，大雪天，温暖的屋子，昏黄的灯光里，煮一壶老茶，读一本书，桌子上，有一盘熘肥肠。不能再多了，如果非要再多，顶多多一个书童。为的是告诉她：大雪天吃肥肠读书喝老茶有多美。

至于知己，就是我自己，够了。人，必须越活越独，越活越是他自己。

其他都是浮云。

面前的大雪、书、老茶、肥肠，足以抵消这个世界的荒凉。

小米

小米真是宝贝。坐月子的女人要吃三件套：小米、红糖、鸡蛋。

我见过很多坐月子的女人喝小米粥，喝红糖水，吃煮鸡蛋。我坐月子时也喝了小米粥，是山西小米，沁州小米，金黄软糯，加了红枣、枸杞、冰糖熬。后来不坐月子我也经常熬小米粥，小米粥不仅养胃，更重要的是养人。

北方人去南方生活，吃不惯大米，有了胃病，就经常泛酸水、胃胀。回到北方，喝一年小米粥准好，这是偏方。

小米又叫"粟"，是十分有古意的名字。中国人爱喝粥。我生活的城市有粥铺，至少有十几种粥：小米粥、白米粥、生菜粥、瘦肉粥、八宝粥、鱼片粥……我到别的国家真没发现人家喝粥。

我小的时候和外婆住乡下。她用柴火熬粥，金黄的小米，加枣，加红薯干，大火熬沸了转小火，熬一个下午。我那时身体弱，皮包骨，我外婆接我回农村养着，骂我妈："再让你养着这孩子活不成了。"

我很快让外婆养得白白胖胖。天天喝小米粥，厌烦得很，但我有了力气疯跑，把她的大白鹅和猪追得满院子跑。这是小米给我的力量。

粟的另一个名字叫谷子。谷子熟了，沉甸甸垂下头，谦虚的样子，迷人极了，谷子褪了皮就叫小米。

我山西的同学郝文华，每年来看我，都提着醋和小米。醋是宁化府酸醋，小米是忻州的小米，我每次想起小米便想起他。

小米是这样平民、接地气。我们小时候听到的故事是"小米加步枪，打败了国民党"。红军在陕北没少吃小米。

小米和咸菜最相配。

我自己腌的黄瓜、萝卜，配上黏黏稠稠、金金黄黄的小米粥，觉得人间美味就是这样了。

辣咸菜丝也好，水疙瘩头切成细丝，因为太咸，最好过下水，放上葱丝、辣椒丝、香油，喝上一碗小米粥，是北方人饭桌上迷人的早餐。

我30多岁时得了胃病。至少有四五年，几乎吃遍了胃药，也跑去大医院查了胃镜，每天黄着脸，看见什么都不想吃，每天捂着胃，胃里有一只猫，用爪子挠我。那几年我心情坏透了，情绪坏的第一反射就是胃，我瘦骨嶙峋，快脱了相。

于是索性不吃药了。每天喝小米粥，吃素菜。

不到半年，好了。

山珍海味不家常，偶尔吃觉得隆重。小米是我们的"发妻"，一直贴着心，知冷知暖，朴素、家常。日复一日，不是惊惊乍乍，但细水长流之后，就是惊天动地。

感谢这个叫"粟"的粮食，感谢小米，它让我们感受到踏实的力量和温暖。

当我们回家，桌上有一碗小米粥，有几个小素菜，有刚出锅的馒头，还有家人的笑脸，还求什么呢？

那碗小米粥，端的就是人间情意和生活至味。

茶可道

禅茶一味，其实说的是茶可道。

说来我喝茶极晚。我想这源于家庭影响，父亲只喝茉莉花茶和高末。母亲常年只喝白水。我少时是孟浪之人，上体育课渴了，便跑到自来水龙头下一顿痛饮，那时好多女生亦如此，倒有脚踏实地的朴素与温暖。

有野气的人日子过得逼真亲切，那清冽的凉水回甘清甜，自喉咙流到胃里，真是凉。少年不觉得，热气腾腾的血性很快平息了那凉。那个镜头，竟是再也不忘。少年时不自知，亦不怜惜自己，反倒是那不怜惜，让人觉得亲切、自然、不矫情。

上大学亦不喝茶。一杯热水捧在手里，或者可乐、雪碧、啤酒。我一向拿啤酒当饮料喝，并不觉得醉，只觉得撑，一趟趟上卫生间。几乎没有人仰马翻的时候，也不上瘾。后来，茶让我上了瘾。特别是去了泉州之后，我每日早起，每每泡了早茶才开始工作。空腹喝清茶，就一个人。大红袍、绿茶、白茶、普洱……以绿茶居多。早上喝普洱容易醉，茶亦醉人。

泉州真好，那么安宁的小城，风物与人情都那么让人满足。泉州有一种自足的气场——刺桐花开的老街上，晃着不慌不忙的人们，特色小吃多如牛毛。散淡的阳光下，到处是茶客。丰俭由己，有时是紫檀红木，有时是粗木简杯。

没见过比福建人更喜茶的了，泉州人似乎尤甚。早晨起来第一件事便是喝茶，与朋友谈事仍然要喝茶。从早喝到晚，茶养了胃，更养了心，泉州出了梨园戏，骨子里散发出幽情与文化的梨园戏，就着新茶，最好是喝铁观音，美到惊天动地了。

我是从泉州回来才开始早晨喝茶的，这一场茶事，应情应景，烦躁的心情会随着一杯茶清淡下来。早晨的心情因为有了茶香便有了慵懒，粗布衣服，素面，光脚走在地板上。有时盘腿坐在30块钱淘来的蒲草垫子上。

打开收音机，放一段老唱段，然后一杯杯喝下去。我的茶事从一开始就是老境，因为人至中年才如此迷恋茶，像老房子失火，没有救药——茶是用心来品的，没有心境，再好的茶亦是枉然。

起初我喝绿茶。龙井、碧螺春、台湾高山茶。龙井是名仕，明前茶用透明高杯沏了，宛如一场翠绿的舞蹈，那养眼的瞬间，又伴着无以言表的灿香。那是只有龙井才有的大气的香，又清冽又妩媚，像那个养育它的城——那放纵又收敛的书生之城。它裹了江南的烟雨妩媚，又掺了风萧萧易水寒，杭州城的大方不是其他城市所能比——能不忆杭州？而我忆它最好的方式是泡一杯当年的新茶，看着小叶子一片片立起来，清清澈澈间，全是迷人的清气。龙井，是"仕气"味道极好的绿茶。

碧螺春的传说有关爱情。情爱到底是薄而浅的东西——有时，它竟不如一杯碧螺春来得真实，它另一个名字怪可爱——"吓煞人香"。也真吓煞人，香得不真了，但自有别具一格的清润脱俗，它与江南贴心贴肺。

高中同学老胡自保定来看我，带了酱菜，我最喜那瓶雪里蕻，名"春不老"。有一天早晨，"春不老"就着炸馒头片，然后沏了一壶碧螺春。

吓煞人的香和"春不老"，凑成一对，倒也成趣，滋味是南辕北辙的。我喜欢得很。

西泠八家之一丁敬有闲章两枚：自在禅，长相思。我亦求人刻了两枚。自在禅要配好茶，而长相思可以放在心里闲情寄美。

我心中的好茶可真多：太平猴魁。哦！这名字，惊天动地地好！像怀素的书法，他披了最狂的袈裟，却有着最宝相庄严的样子，他用自己的样子颠倒众生。我第一次看到太平猴魁时简直惊住了！或许，那是茶本身最朴素的样子，它真像一个高妙的男子，怀素或米芾，人至中年，却又保存着少年天真。那身材的魁伟，前不见古人，后不见来者。那滂沱之相，那清猛之气，一口咽下去，人生不过如此，了得了。

六安瓜片亦好，但立秋之后，我不再喝绿茶，绿茶寒凉，刮肠胃的油。秋天亦凉，不适合雪上加霜，秋天时，我喝乌龙茶和红茶。

因为杀青不彻底，有了半发酵的乌龙茶。我喝得最多的是铁观音和台湾高山茶。但郁达夫说铁观音为茶中柳下惠，我倒爱那非红非绿、略带赭色的酒醉之色，实在是与色或情有几丝联系。有一阵迷上台湾高山茶，那种冷冽冽的香像海棠，我总想起褚遂良的字来，便是这种端丽。高山茶喝了半年，换了大红袍。

我顶喜欢"大红袍"这三个字，官架十足，摆明了的骄傲和霸气。男人得很。大红袍是岩茶，乌龙茶的一种。因了闽地的高山雾重阳光寡淡，那岩骨花香生于绝壁之上，以其特有的天姿让人倾倒。翠色袭人，一片沉溺。我喜欢大红袍，那卷卷曲曲一条索，肥美壮观清香悠长之外，却又如一张古画，气息分外撩人，但却不动声色。好男人应该不动声不动色，应该是最起伏得当的行书，一下笔便是标杆与楷模，让身后人望尘莫及。

顶级大红袍色汤极美，从橙红到明黄，这是醇厚之美，一口下去，荡气回肠，肝肠寸断，简直要哭了。那种醉心的归属感，配得上冬天的一场场雪，没有彻骨清凉，只有温暖如初。

乌龙茶中的水仙和凤凰单枞亦动人，不事张扬的个性，茶盏中的润物细无声。两个名字像姐妹花，总让我想起唱越剧的茅威涛，本是女子，却英气逼人。水仙茶的气质总有逼仄英气，个性里有醇厚和仁心，亦有清香绵延。这茶，可以喝到半醉而书，写下"山高水长，物象千万，非有老笔，清壮何穷"。这是李白的诗句，可以配给乌龙茶。

绿茶是曼妙女子，乌龙茶是中年男子，红茶是少妇，普洱是 60 岁以后的老男人，白茶是终身不婚的男人或女人。最符合我的，自然是红茶。

小言为我带来红茶，我掺了祁红，又放了滇红，然后加上牛奶与核桃仁煮。在冬天的下午，奶香一直飘荡着，都不忍心去干什么事情了。

穿了个白长袍发呆，自己宠爱着自己。

红茶细腻瓷实敦厚，正山小种也好。喝惯了茶，胃被养坏了，沾不得凉。

加奶的茶还有湖南的茯茶，一大块粗砌的茶砖，用刀剁下来，放了盐与花椒，再加上牛奶煮啊煮。M 煮的好喝，她公公煮的更香，我每次都要喝几大碗，那种两块钱一个的大粗碗。坐在她乱七八糟的家里，喝着刚煮好的茯茶，觉得还原了茶原本的气质——茶本就这么随意，本来是这一片片树叶子嘛，本就这么衣食父母。何必那么道貌岸然地杯杯盏盏？然后又日日谈什么禅茶一味？真正的禅茶一味，全在这杯粗瓷碗盛着的湖南的茯茶中，不装，不做作，直抵茶的本质。

M 一家离开霸州后，我再也没喝过那么好喝的茯茶了。

如果白茶清淡似水，普洱则浓情厚谊了。白茶太淡，无痕真香，总在有意无意间勘破人世间的禅意，但我仍喜普洱。普洱是过尽千帆走遍万水仍然宅心仁厚，仍然表里俱清澈。所有戏，大角必然压大轴。毫无疑问，普洱在我的茶事中必须压大轴。

我第一次喝普洱并不觉美妙。只觉被发霉味道袭击，加之视觉的冲击，那浓汤让人觉得似药。忍着咽下去，那醇厚老实的香气缓慢地升上来—— 一个好男人的好并不是张扬的。我几乎一瞬间爱上这叫普洱的茶。

第一次沏普洱失败。茶汤分离慢了，汤不隽永了，有了浊气，损了真味。以后沸水鲜汤，把那一饼饼普洱泡得活色生香了。

朋友 R 只喝普洱。他泡普洱是铅华洗尽的淳朴与端然。好普洱让人上瘾。让人上瘾的都难戒，它们慢慢让你熨帖，在香而酽的茶汤里，做了自己的终南山隐士。

R 说，普洱茶可以把人喝厚了。绿茶可以把人喝透亮了，红茶可以把人喝暖了，白茶可以喝清了，乌龙茶把人喝智了。

人生应该越来越厚吧，那一点点苦尽甘来，那步步惊心的韵味，那情到深处的孤独，都需要一杯普洱在手。

春风秋月多少事，一杯清茶赋予它。有事无事吃茶去，繁花不惊，长日清淡，唯有伊人独自。有浅茶一盏，门前玉兰开了，头一低，看到杯中伊人，都是生命的日常与欢喜，足矣。

大白菜

白菜是中国人命里的菜。我们没有什么菜都行，就是不能没有白菜。

我生于 20 世纪 70 年代，小时候最明确的食物记忆是白菜，每家每户都有一地窖白菜，整个冬天，北方人靠白菜续命：炖白菜、熬白菜、炒白菜丝、熘白菜块、白菜饺子、白菜肉饺子、白菜馅儿饼、白菜包子……那漫长的冬季，我们和白菜相依为命。

十多岁的孩子玩捉迷藏，把自己藏在装满了白菜的地窖中，看着满天星光灿烂，立下誓言：长大了再也不吃白菜。

齐白石白菜画得好，三笔两笔，大白菜仿佛刚经了秋霜，从地里拔出来，带着深秋之气。我也画白菜，白菜就是百财，食者长命百岁。我家里墙上到处是我画的大白菜，寓意生财，图吉利。

北京人把白菜做得贵气了些：芥末墩，是白菜切成墩抹上芥末。还有乾隆白菜，白菜加上乾隆二字，顿时觉得尊贵无比，其实是白菜拌上麻酱吃而已。

在北方，临近中秋时，或者快到寒露了，北方旷野上生长着大面积的白菜，它们像队伍，像士兵，像护卫生活和生命的勇士。

更北一点，是东北。

他们用成垛成垛的白菜制成咸酸菜，一缸，又一缸，压上石板，然后用这一缸又一缸的酸菜抵抗漫长的东北的冬天。至少半年啊，这长冬，

鱼羹稻饭常餐也

031

零下几十摄氏度，严寒之下，那些大白菜腌制的酸菜搭救了这漫长的季节和漫长的时光。

一个村子的人，几家凑在一起，打牌、唱二人转、包饺子。一家人杀了猪，邻居们来帮忙，吃杀猪菜，包酸菜饺子。

在漫长的寒冬里，几户人家包酸菜饺子，包好扔到雪地里，几个小时就速冻了，然后放进缸里，或者丢进用冰做的大冰箱里。在整个冬天，那是单调又漫长的食物和时间……但东北人真爱吃饺子，走到天涯海角，都能见到四个字：东北饺子。而酸菜馅饺子，东北人应该最爱，是刻在骨子里的 DNA。

百菜不如白菜，白菜还有一个极美的名字，在《诗经》中叫"菘"。而且，是带草字头的菘。

可炖可炒、可焗可烧、可烤可烩、可腌可拌。苏东坡说：白菘类羔豚，昌土出蹯掌。这有点夸张，诗人就爱夸张，羔和豚，还是比白菜好吃。

白居易写道：浓霜打白菜，霜威空自严。不见菜心死，翻教菜心甜。

北方天津绿、东北矮白菜，南方有鸡冠白、雪里青……我最拿手的菜是烩白菜。

先炖一锅红烧肉，这锅肉很关键，上好的五花肉，炒冰糖上色，砂锅慢炖两小时以上，先吃一顿香喷喷的肉，配白米饭——白米饭要刚蒸出来的，五常大米。

我干三碗饭。

第二顿，主角来了。肉里加粉条、豆腐、白菜，然后慢慢炖，一屋子的肉香，白菜吸了油，豆腐也吸了油，粉条熬起来，这时，烙一张家常饼，就这一个菜，征服所有人。我打赌。

有友芳，其夫忻东旺，被誉为中国油画家第五代天花板。

从康保到大同到临汾的山西师大，到天津美院任教，又到清华美院任教，画笔驰骋江湖，让陈丹青先生都叹为观止。但英年早逝，50岁刚过，一场恶疾夺了性命。

我未曾见过忻先生，但与他太太日后成为密友。冰箱上有冰箱贴，是他画的大白菜做成的冰箱贴。

他画的大白菜是从北方的土地里刚拔出来的，硬生生的，活生生的。我见过他家里挂着的原作，就那么生动地甩在你眼前，仿佛一个倔强的北方农民。忻先生画人物，看了都想哭，那一个个血肉生动的人，苦难的人，各种各样努力活着的人，是人。那棵大白菜，是我看过的最有野性的白菜：坦荡的、干脆的、明亮的，那是北方旷野上的坚强。

这是甲辰年的盛夏，立了秋，还热，蝉声四起，我小时候爱吃纯白菜馅儿的饺子，我现在还爱吃。今天是七夕，七夕是个好日子，属于有情人的日子，是只羡鸳鸯不羡仙的日子，我准备包饺子吃，纯白菜馅儿的，到目前为止，我最爱吃的一种饺子馅儿，没有之一。就像深爱着一个人，只是这个人，没有之一。

土豆啊

土豆也想不到，安第斯山脚下的印第安人发现和种植了它们后，无性繁殖的土豆，很多次解决了世界的饥饿问题。

土豆在美洲生活了几千年，然后拖着圆滚滚的胖身子，远征到亚洲、欧洲、大洋洲……大航海时代开始，农业文明开始全世界串联，土豆在明朝时传入中国，据说对当时的人口增长起了促进作用——明朝洪武年间中国人口 6000 万，土豆进来了，康熙年间，人口破亿。

土豆是种神奇的伟大作物，仅次于水稻、玉米、小麦……它喂养了人类。

我从小就喜欢吃土豆，尽管它有很多名字：马铃薯、洋芋、山药蛋、地豆……我只愿意叫它土豆，像叫自己爱人的小名。

土豆的味道是淡的，几乎没有什么滋味，可是，人对土豆有一种依赖——一种稳妥的、踏实的依赖，天天吃肉不行，天天吃土豆，行。

"五味之始，以淡为本。"文章也是，文章写得惊心动魄易，平淡天真难。土豆胜在家常，老百姓买一麻袋土豆回家，心里不慌，觉得又有粮食又有菜。饥荒年代，土豆保命。

我高考时母亲给我做了土豆饼，土豆擦成丝，过水，把淀粉滤掉，然后加五香粉、盐、味精做成饼，放到平底锅里烙，金黄焦脆。母亲腌蒜也做得好。她是一个不善于做美食的人，但土豆饼、炖肉、腌蒜是绝活。我吃了土豆饼却落榜了，那年忙着搞文学，又复读了一年，又吃了一次土豆饼，考上了。

我祖母祖父爱吃蒸土豆——新土豆刚下来，放在锅里蒸熟，撕了皮吃，热的、烫的，祖母坐在枣树下，白衫子白极了，现在想起来，像电影一样。

外国人喜欢吃土豆泥，而我们发明了土豆的100种吃法：红烧土豆、麻辣土豆、炒土豆丝、干锅土豆片……西北人更是把土豆搞到了天花板：土豆条条、土豆丝丝、土豆擦擦、土豆汤汤……最后两个字一定要重复，重复才又可爱又有力量。

有一个十分洋气的女孩子只偏爱土豆，浑身上下洋气得密不透风了，可是，她依旧爱吃土豆。

"我就是个土豆脑袋。"这个西北姑娘去过全世界，她回到西宁，拿出奶奶留下来的老炕锅，炕了一大锅土豆，她的肠胃，走遍千山万水，还是西北胃。

儿子从小爱吃炸薯条和牛排，但也爱吃我炒的土豆丝，最家常的那种，用老酱油炒，加点猪油炒，放几粒花椒，用刚出锅的饼裹上，哎呀呀，香得没办法。在江西，如果菜好吃叫"绝杀"，一个女子长得美叫"好客气"，那么土豆真是"绝杀"四方，以不变应万变地绝杀着。

我到西北出差，吃了一肚子土豆回来，洋芋津津太迷人，我坐在西宁的晚风里，看着桌上，一个炕锅排骨，一个炕锅洋芋，一个洋芋汤汤，一盘洋芋津津，无限满足。

十二三岁的时候我还在读初中，每天找另一个女孩一起上学。每次中午去找她，总会看见他们家人在吃一个菜，对，只有一个菜：青椒土豆片。他们一人举着一个花卷，吃着那盆青椒土豆片，一屋子都是青椒土豆片的味道。那个简陋的房子，因为有那盆青椒土豆片显得无比温暖、明亮，连房顶上的灰都是好看的——我真想坐在他们桌子前和他们一起吃啊，那个青椒土豆片馋得我啊……已经过去几十年了，那个味道还在。

我现在炒得一手青椒土豆片，很是拿手。

觉茶如是

一直想写篇闲散的吃茶文章。尽管写了许多关于茶的文字了。不满意。不够散，不够淡，不够飘逸，茶气不足。茶气是什么气？说不好，但应该又轻盈又厚重，又飘逸又有力道，中性，似男又似女。恰好的火候与劲道，一眼看得透，一眼又看不透。

适逢七月半，狂风骤雨。水淹了七军似的，外面是风声雨声，屋内是菖蒲、铃兰、石竹、文竹。特别是南方带来的菖蒲，摆在我书桌上，雅配。我煮了七年的寿眉，一屋子的药香，如猛虎嗅蔷薇，恰配我这爱茶痴茶中年听雨的禅园主人。我的小家叫"禅园"，雪明先生的书法"禅园听雪"挂在墙上，屋内堆砌着坛坛罐罐的文玩，不知真假。这样的屋子就有了茶气。我光着脚走在老榆木的地板上，有些硌。老榆木的纹理恰恰好，是我在古旧市场上一块块淘来的。风吹得风铃直响，我呷了几口老茶，觉得心满意足。上午临完几张旧帖已经觉得心满意足，此时更甚。

周作人在《北京的茶食》中说：我们于日用必需的东西以外，必须还有一点无用的游戏与享乐，生活才觉得有意思。唱戏、喝茶都是。今天这雨，最适合吃茶。

说来我吃茶时间短，不过十来年。少年孟浪，白水就行，父亲常喝高末，那奇异的茉莉香，我从前受用，现在觉得根本不是茶。父亲用茶缸盛，是用来解渴解乏的。

中年开始习茶，从绿茶开始。香啊，明前绿茶，娇嫩嫩的小姑娘似的。绿啊，一杯新龙井，透明地舒展了，俨然一派青绿山水的做派。让我想起王希孟的《千里江山图》，十八岁的少年画了那么绝美的画卷，留下了那么好的青绿山水。绿茶是王希孟，十八岁的王希孟，只这一季。隔年的绿茶是不能喝的——像中年的妇人，又疲惫又憔悴。

刚开始喝茶时迷恋红茶。红茶是女性的，婀娜而娇柔，再加上奶，简直可以温暖一个又一个冬天的下午。但简直不像喝茶，像调情。说不完的情话与蜜意。没有厚重感，也像听越剧和黄梅戏，男欢女爱，小情小调。留在舌尖上的感觉更像散文。金骏眉、正山小种名字真俏，特别是金骏眉，像一个人的名字，性感中有妩媚，丰满而娴熟的中年女人。线条也柔和，口感也柔和，与女友喝茶，红茶宜配。

有一次去苏州，在寒山寺喝到一款碧螺春，有寒山寺的早春味道。极好。还在南京鸡鸣寺喝过秋茶，是冻顶乌龙，也好。鸡鸣寺的梅花更好。杭州的灵隐寺，与禅师喝过清明龙井，小师傅刚刚从龙井坡上采下来，还带着雾气，坐在古树下，那天也有小雨。难忘在云水谣喝红茶。付老师陪着去的，还有连先生，几个人坐在云水谣那棵几百年的古树下，那天晚上喝了一次静坐红茶。味道醇厚绵烈。

爱上乌龙茶是在台湾。随着旅行团进了许多茶店，都是乌龙茶。阿里山的高山茶、冻顶乌龙……香啊。那个香不像茶的香，厚实，但又飘逸，能喝出苏轼的《寒食帖》之感。从台湾回来我带回很多乌龙茶，那卷卷曲曲的茶叶陪我过了一个冬天。每次喝乌龙茶，总是先想起冻顶乌龙，铁观音倒排在了第二位，可能是那香气扑倒了我。我喝过三十年的铁观音，在苏州冷姑娘的茶坊里，那老茶老得惊了魂似的，在早春喝出热汗来，想想那苏州的小桥流水和冷姑娘的美，没齿难忘了。

开始喝白茶是四五年前。朋友送我牛皮纸袋子装的老白茶，上面是毛笔写的三个字"老白茶"，字老实，敦厚。是七年的寿眉。用日本铁壶煮了喝，一屋子药香，我迷得不行，舍不得喝完。每天只煮一点点，到底还是喝完了。后来又喝过白毫银针和白牡丹，都敌不过这款寿眉。那低调而骄傲的味道始终翻滚在我的味蕾上，我喝完这些老白茶，每到外地遇茶人斗茶，一口品个八九不离十，差不了三两年。这是味蕾的积累与记忆。老白茶有股清气，像八大山人的画，你明明知道就那么三笔两笔，可是你画不出来。看过很多别人的画，三两眼就忘了，大同小异，八大山人是二十泡之后的老白茶，还那么醇厚。

我没事的时候就煮点儿老白茶。新茶不行，没那个味。只有老了的白茶才像生活结了晶，分明有了风声气，偏偏叫人喜欢得紧。

我们现在的喝茶方式是明以后形成的，用水泡。唐朝人喝茶先用油炒了茶，再加花椒、大料、葱、姜、蒜……我认为是喝茶粥。去广西和贵州时喝过"擂茶"，就是唐朝的喝法，喝不习惯，但记忆深刻。宋朝是抹茶。在日本喝过抹茶——形式又隆重又复杂，让人心里起了敬重。千利休说：我只对美好的事物低头。他向茶低头，我也向茶低头。常喝茶的人，都有一身素清清的茶气。

茶气里有人才爱。王羲之奉橘，王献之献梨，颜真卿乞米……呵呵，小禅吃茶。

"今送梨三百。晚雪。殊不能佳。"王献之送梨，我爱送茶，且是普洱生茶，行生古树茶。

我初次喝到普洱生茶闹肚子。肠胃接受不了它的生猛，跑了几次卫生间。后来喝了一段熟普。茶人的最后一站只能是普洱，普洱两个字带着地老天荒的美感，说不出的天高地厚。黑茶的一种，黑茶就太直接了，普洱绕了千山万水又回来的意思，又蛮荒又文明。奈何奈何，就是这么迷人，喝到最后，人至中年，还得是普洱。一款老江湖的茶，但是风霜，味道十足。

喝普洱久了，再难喝别的茶——像终于爱对了人，分分秒秒要跟他在一起呢。

去西双版纳原始森林里，采过古树茶。与茶人一起去的，先是坐了摩托车，崎岖山路，下面是万丈深渊，后来连小径也没有了，只好步行。拄着拐杖，在腐叶和古树间行走，遇梅花鹿、大象和其他各种小动物，也不觉得害怕。忽然想起一首词："素月分辉，明河共影，表里俱澄澈。悠然心会，妙处难与君说。"恰好那天月光盈洁，照在我脸上，也真是表里俱澄澈。

坐在古茶树下，把茶叶放进嘴里嚼着，甘甜美味，我用唾液泡了古茶树的叶子，自是难忘。

后来在终南山喝过一款生普。清冽自然，想起词的下半阕："应念岭海经年，孤光自照，肝胆皆冰雪。"我忽然想起王维来。肝胆皆冰雪。

"清时有味是无能，闲爱孤云静爱僧。"杜牧爱他的孤云和僧，我爱我的老茶。禅茶一味我不在乎，我在乎雨落纷纷之时，我泡一壶老茶，坐在窗边，看着自己郁郁葱葱的菖蒲，喝它个汗流浃背、喉咙生甘。这样的日子就是日常，喝茶喝出广阔天地来，常与茶友约茶，在一起喝老茶，只说茶里春秋。

也有了几款老茶。从西双版纳运回来的贮存罐子。朋友说等过三十年一起喝我的老茶，我掐指一算，再过三十年也真老了，茶也老了，约个旧人，一起喝茶——哪有那么多前尘旧事？最好的就是面前这杯茶、身上这件衣吧。

老茶

一个老字，就把光阴全收了。

老茶，没有了锋芒、野性，没有了赤烈烈的生生死死，经了年，温婉中藏了饱满、坚韧。

那新茶，招摇得紧呢——总怕别人不知道自己有多年轻，总怕别人看不到它的锋芒。人生，处处是为了显露做准备。

明前新茶，碧螺春有吓煞人香的味道，龙井绿得像一场梦，太平猴魁张狂得明目张胆，一片叶子有十几厘米长，还嫌不够……

我曾经多么迷恋这些张狂，正如迷恋宝蓝的上衣、明黄的眼镜、杨丽萍的孔雀、怀素的书写……整个少年，都在听崔健，佐以饮料，是可口可乐，那也是必有的青春装备。

而老茶，一放经年。岁月收了它锋芒的同时，也把味道随手赠了。在茶人泡它的瞬间，与懂它的人相知相认相亲，刹那懂得。

一口下去，没有悲欣交集，没有满口余香，只有那无法说清的熨帖和懂得。

老茶是看透人间冷暖，收了余恨，免了娇嗔，改了性情，知了因果。它自成药，自成光阴，在入口的那一刻，终成正果。

在苏州，与好友品尝了三十年的铁观音。黑乎乎的一坨，早已尽失乌龙茶之味，然而味道真的好极了。就着苏州烟雨，小桥流水，在紫檀木的老椅子上懒散地坐着，手中的莲湖盏里是杯老茶……一口下去，暖心；再回首，药味醇香；甚至，舍不得回味，那昆曲的烟丝碎软都恰恰好了，就这样消耗掉一个美妙的下午。

三两知己，老茶，也是这几个人的知己啊。

老茶孤独，因为没有知己，光阴赋予了它太多醇厚。左右四顾，无人照探内心的孤傲，索性一个人。它保持着孤傲的贵族之气，那份看似随和的孤傲啊，在懂得之下会瞬间崩溃。

晚年俞振飞唱《游园惊梦》，人书俱老了，满脸的沧海桑田，唱起来没板没眼，才让人动容。看着这个快 90 岁的"江南俞五爷"，眼睛热热的。这款老茶，他自生炉火夜煎茶，一生的风雨腌制，把自己唱成了没板没眼的最高境界了。

一个人的时候，早上的时候，阳光打在旧桌椅上，散发颓散的光芒。那些桌上的物件：莲蓬、手卷、宣纸、印章、竹帘都有各自的安稳。

每天早上喝茶成了功课，从绿茶、红茶、乌龙茶、黑茶、白茶，最后一站是普洱。

多数时候，我会泡一壶老白茶，紫砂壶用了近十年了，不是什么好料，但因为刻了我名字，倍觉珍贵，包浆早就出来了。一个人，就着老白茶，放着余叔岩的《搜孤救孤》，临着褚遂良的帖，日子是素色光芒的。

有时候什么都不做，就坐在那张笨椅子上喝茶。那笨椅子是画家岑飞给的，拙极了，但好极了。一喝就是一个时辰，屋内安静极了，可以闻得到绿萝、铜钱草在呼吸，可以听得见那些书法名帖在说话交谈。

孤独吗？

当然。但这孤独多么恰如其分，正好映衬这杯老白茶的饱满，《红楼梦》中贾母爱喝寿眉，我喝白毫银针，有时也喝白牡丹。我和这杯老白茶之间有一段必要的孤独。当我们合在一起，我们彼此认知、各自懂得。

在南昌，遇见茶人 W。他少年在上海街头混着，打架、闹事……中年后隐居南昌，每日品老茶、过光阴。那夜，品了 99 绿大树、紫黑票、紫红票，又品 88 青，又品红印黑票。他只喝老茶，且只要老普洱。普洱是茶人最后一站。

"老茶收了我的烈性，我在老茶里，找到真正的自己。" W 看似温文尔雅，不似街头招摇过市的少年，老茶给了他从容、淡定。

老茶不是爱人，更非情人，而是知己——懂得比爱更珍贵。

不到一定年龄哪知懂得的可贵？那又黑又硬的一坨老茶，怎敌那一杯翠绿得要溢出水的龙井？

但喝了老茶之后，懂了老茶之后，一刹那被一种物质袭击了，那是绝唱《广陵散》，那是西汉的古陶，那是王羲之的《兰亭序》，没有咋咋呼呼，只有慈悲，只有懂得，只有不慌不忙之间，山河动摇。

一口饮了，天地清明，海上生明月，江上数峰青。

一个人的深夜，檀香袅袅。泡一杯老普洱，坐在窗边沙发上，看着满天星光，再无年少的感时花溅泪，也无青春的恨别鸟惊心。

与一杯老茶相遇，各自懂得世道人心，手边的纽扣菊淡淡地开着，几乎没有香气。就着星光，饮了热茶，让老茶荡气回肠。

这样的夜晚，过了一个，又过了一个。

人生无非是这样，活着活着，就老了。不自知之间，已成一款老茶了。

人间有味是清欢

迷人的猪油

　　猪油在我的心里地位是极高的，简直是一块羊脂玉了。明晃晃、白亮亮地端坐在那儿，那是哪里？那是祖母和外婆的棕黑色坛子，盖子擦得干干净净的。每当做饭，祖母打开盛猪油的坛子，用勺子挖出白玉一样的一块，放在热热的铁锅里，铁锅下是噼里啪啦响着的木柴，我蹲在那里烧火，看着祖母把猪油从罐子里挖出来放锅里，看着它由白白亮亮的一块变成油汪汪的一片，然后放葱姜蒜，爆炒土豆丝、豆芽、粉条……

　　有时候我想，我真是奇怪的人——我明明跟着外婆在乡下长大，却跟祖母亲。我祖母大高个儿，长得俊俏，爱穿青布衫子和白衫子，爱听戏、唱戏，不和别的老太太一样说是非，总是一个人听戏。她管收音机叫戏匣子，墙上也挂满了戏出的连环画——我爱上戏曲最初是因为祖母，她长得也像戏曲里的人物。

　　祖母在她的年代就常常去北京旅行，她在颐和园的照片我一直记得：她坐在万寿山前，白衫子，微笑着，我的姑姑站在她身后，不如母亲气场强大。

　　我的外婆一辈子没出过小城。我小时候就想，我必须活成我祖母的样子。

　　我越来越像我的祖母了。

　　祖母烙的饼是天下第一好吃。

　　她告诉我：烙饼一定要用猪油做油酥啊，这样的饼，又软又酥。她把面擀成面片，裹上猪油油酥，用麦秸秆小火烙饼，饼熟了，有麦香，外焦里嫩。她又炒了金黄的柴鸡蛋，然后嘱咐我：女孩子，一定要会做饭，不难为自己。

那是我对猪油美味最早的记忆。

我经常到南方去，吃猪油拌饭和猪油拌面。在武夷山的小店里，葱油拌面五块钱一碗。热锅中捞出加碱的面条，马上淋上猪油，迅速拌起来。猪油和碱味的面发生化学反应，一口下去，满嘴香，嘴角上残余着过分的油，一定要吃三碗，一定连吃三天。

和南方朋友去乡下小住。她半夜饿了，热了米饭，带我潜入她母亲的厨房，打开一个罐子，我看到了白亮亮的猪油，我舀出一小勺，放在热饭上，又淋上几滴酱油，搅拌起来，一屋子里米饭香。她边吃边说："我小时候靠猪油拌饭续命。"

成家后自己也熬猪油。市场上买来肥肥的猪板油，切成小块，找一个大锅慢慢熬，熬的时候加一碗凉水，这样熬出的猪油又白又亮又多，熬到最后，油渣出来了。

油渣可是宝贝，能拌了白糖吃，也能和白菜馅儿一起兜包子吃，更能裹在面里烙饼吃。这三种我都试过，美味至极。我以我美食家的名义担保：好吃。

而在宁波，猪油年糕是贯穿宁波人一年四季的软糯主角。

朋友小荷，每年过年用石捣臼和木锤擀制纯糯米，不掺一粒大米，保留糯米的原始风味。年糕用猪油煎，吱吱作响，白润如玉的年糕配上猪油，弹润不粘牙，撒少许盐和葱花，表皮微焦，年糕弹力十足，味蕾瞬间绽放，此时，值一个江山。

苏州的猪油年糕我也吃过，淋上玫瑰汁儿，分外迷人。

猪油汤圆似乎是元宵节的慰藉。黑芝麻汤圆糯、软、香、甜、鲜、滑……舀起一个，皮上咬一小口，不好啦，黑得发亮的芝麻猪油馅儿像千军万马奔腾而出，不怕烫的一口咬住，天呢，又香又甜又糯！

自己也做过一次：糯米要浸泡多日，其间多次换水，用石磨将泡软的糯米慢慢磨——这件事情太磨性子，米汁流出，系在口袋中，等水沥干，待用。

然后炒黑芝麻，听到噼里啪啦声很愉悦，加猪油、白糖、桂花……包汤圆是技术活，我包漏了几次，但一碗上好的猪油汤圆保证能治抑郁。

猪油也是中药，孙思邈在千金方中这样写：破冷结，散宿血。

我丝毫不掩饰对猪油的热爱。前几天家里准备家宴招待朋友，有一个朋友坚持自己烧武昌鱼，但是千叮咛万嘱咐，家里一定要有猪油。

"用猪油烧过，熬出的鱼才香。"

葱的世界

我老家在山东，我爱吃葱。东北人爱吃大葱蘸酱，一根大葱被剥得白白的，坚定不移地蘸下去，如果是一个俊俏高大的东北姑娘，这场面够排场、够飒。南方女孩子看着眼晕，南方女孩子是细细的小香葱，看起来纤弱，是撒在那碗阳春面上最美的点缀。

"美人如玉指如葱"，这是歌颂"葱"最美的一句了。葱白那段也真是像女人，白白净净、珠圆玉润的，性感极了。但也有骂人用"葱"的：你算哪根葱？没有说你算哪头蒜、你算哪块姜的。算哪根葱呢？大葱、香葱、火葱、四季葱……山东大葱是北方人的最爱。

中国八大菜系，没有哪个离得了葱。葱丝、葱段、葱末……北京烤鸭里，那雪白的葱丝是灵魂，没有葱，不正经。

除了小葱拌豆腐和葱爆羊肉里葱是绝对主角，其他都是配角，是配料和调料。厨师们把他们分成三种：小宾俏、大俏头、寸节葱。

"葱花"这两个字真美，像俏丽的十六七岁的女孩子。油热了，一把葱花扔进去爆香，一屋子葱香，是烟火日常的一幕。

葱去腥、生香，做牛羊肉、猪肉更是离不开葱、姜。买来的肉用凉水洗净浸泡，我们这儿叫用"凉水拔拔"。"拔"这个字真生动，"拔出血"。肉干净了再用凉水煮，加大量的葱、姜。这时的葱切成大段，是去收服肉里面的腥味的，是去攻城拔地的。葱姜收了腥味，捞出来备用。接下来是红烧还是煲汤，随意。

葱花调汁做味碟，特别是红油碟子，葱花多了才香。夹块儿白豆腐一蘸，葱香衬托了豆腐的清嫩软滑，简直是绝配。

炸葱油更香。把炸焦的葱捞出来，那热烈的葱油倒在凉拌菜上，那刺啦一声，是人间最好听的声音。

葱丝是葱白切成的，撒在热菜上，不仅仅是好看，菜更加生动，葱的辛香可以让菜更加生动。

所谓"生葱熟蒜"，葱用于凉菜时保持新鲜，用于热菜也要保持"葱"气。葱是最盛大的日常，不吃葱是过不去这一天的，它没有那么盛大、招摇，却捆着我们的日常。

在江南，一碗阳春面，点睛之笔是上面的香葱。葱香烧排骨、葱油苦瓜、葱茸竹荪、葱爆羊肉……

下雪的夜晚，做了葱茸竹荪——竹荪的清香和葱味的迷人夹裹在一起，又蒸了一点点香米饭，浇在上面吃。

煲了豆腐青菜汤，青白相间，出锅时撒了小香葱，是日常中灵动而迷人的烟火气。

某年的有一段时间，葱尤其贵，已到十几元一斤，看着家里囤的大葱，简直觉得自己是个富人。

接到表妹视频：她炸了新的豆瓣酱，剥了白白的大葱，说大葱蘸酱真是人间至味——她这是炫富。简直是大葱贵如油。

姜

我不怎么爱吃姜，那个辛辣味怪怪的。

但炒菜、炖肉、做鱼等都离不了姜。酱牛肉、红烧肉离不了老姜，腌黄瓜用嫩姜仔。

但"姜"这个字有无限美感。

有个衣服品牌叫"生姜"。

我小说中的女主人公叫"姜姜"。

无限美好。一个女孩子名字叫姜姜就好听，叫葱差点，叫蒜就更差了。

我母亲喜欢做豆豉酱，放大量的生姜，那种嫩嫩的姜，还放大量的花椒。

腌好了，她就大口吃姜和花椒。吃的动静很大，让我误以为是天下至尊美味。我吃起来却不习惯，总觉得过于刺激。

中年后我反倒喜欢起那个味道，淋上香油吃腌花椒和姜。豆豉泡过之后，它们生动起来了。

后来有了姜粉。

我爱吃饺子，每次拌馅儿，特别是韭菜馅儿，放点姜粉，提鲜，那个味道简直美极了。

做凉拌汁，把鲜姜剁碎，用布兜住，挤出姜汁，这个凉拌汁儿便有了意思。

福建人爱吃腌姜。

给我装修禅园的郑师傅是福建人。我们同龄，且都有了白头发。

装修过程很迷人，我写了文章《郑师傅》，两个人经常意见不一吵起来。

我用收藏的老门板做了地板，旧旧的，好看极了。他却说别人骗了我，坚持给我拆掉。

"王小雪，你被别人骗了，这是旧的呀。"

"老郑，这是味道，是艺术。"

…………

我们就这样争来争去。

有一天我们去建材市场，我坐他的三轮车，风吹起了我的头发。

"王小雪，你的白头发忒多了。"

我瞪他一眼："你也不少。"

"王小雪，吃腌姜可以不长白头发，你要多吃生姜。"

"老郑，我不爱吃姜。"

但我开始尝试吃生姜。

洗发水也换了生姜的，煲汤多放姜片。

记得小时候发烧，大人会用姜片煮红糖水给我喝。

"喝了发汗，然后就退烧了。"

我还记得漫天大雪，外婆背了发烧的我回家。用姜片搓我的后背。一边搓一边念叨："明天就不烧了，一会儿就好了。"

生姜的味道弥漫在房间里，我的后背火辣辣。

而我已知天命之年，白头发和皱纹悄悄爬了出来。

老郑装修完禅园回了福建。过了几天，我收到他寄来的快递。

是一大罐子腌生姜。

他给我留言："王小雪，这是我家乡的腌生姜，我们这儿的人喝茶时就吃一口，你爱喝茶，想着也吃一口，就再也不长白头发了。"

大蒜

"火锅前无淑女，大蒜中无绅士。"

我无法想象不吃大蒜的人（当然很多买我这本书看这篇文章的人可能已经在捂鼻子），可是真的，如果调料中葱姜蒜我只能挑一种留下，我选择大蒜。

我可以选择不吃葱和姜，但如果不让吃蒜，立刻觉得人生寡味。

在别人印象中，我是个喝风饮露活着的仙女，不食人间烟火，他们实在不能想象我的口味这么重——大蒜、辣椒、臭豆腐、螺蛳粉……还有重油的油炸食品。

我必须暴露我的本来面目——我有江湖胃，我是江湖人，从来快意人生，我绝不喝风饮露活着，必须像袁枚。袁枚一生研究美食，过着花天酒地的生活，80多岁腰缠万贯，嘱咐儿子死了用红纸写小楷报丧讯。

袁枚肯定吃大蒜。

小时祖父嗜蒜如命。用蒜锤子在蒜臼中捣碎蒜，把蒜泥放在小碗中，加醋、味精、香油、盐，夹在刚出锅的馒头里吃——他居然没有给我吃。

那个盛蒜的小碗有只小喜鹊，我至今记得，我"怀恨"在心——我的祖父从来不喜欢他的孙子和孙女，他写了一辈子书法。

我越来越随他。

我出差去江南。江南人吃蒜仿佛不那么热烈。

我去一个面馆，面是鳝丝面，江南人爱吃鳝丝，也不晓得为什么那么爱吃鳝丝。面馆里没有蒜，我问了小二，小二也说没有蒜。我对面的男人也在吃鳝丝面，他忽然从手边的布袋子里掏出了蒜。这对我来说简直是零容忍的事情。

他吃一口鳝丝面，咬一口大蒜。

太刺激了，我简直忍受不了了。

那天我穿了丝绸的旗袍，化了精致的妆。我准备吃完这碗面去拍苏州园林。

但我遇见了一个吃一口鳝丝面，就一口大蒜的人。

是可忍，孰不可忍。

"大哥"，我终于下手了，开口叫"大哥"。他惭愧地笑笑："是不是我的蒜味熏着你了？抱歉啊！我爱吃蒜，北方人，没办法，走到哪里都带着蒜。这个习惯改不了了。"

"大哥，"我又叫了一声，"您能给我几瓣蒜吗？"

故事的结尾充满了幽默。我穿着旗袍吃鳝丝面加大蒜，然后去苏州园林拍照，摄影师说："雪老师，您这蒜味和苏州园林真相配。"我不好意思了，屄了，使劲嚼口香糖。没有用，没有用，就像吃了韭菜坐地铁一样，什么香水都没有用。

"大蒜像你的情人，"有人这样说我，"不，还有辣椒"。

没有辣椒和蒜，我简直觉得生而无味无趣。

有人问：你不吃什么？

我答：我什么都吃。

再问：最爱吃什么？

我再答：辣椒，大蒜，臭豆腐，油炸，碳水……简直愧对文艺女神称号。但这恰恰最文艺——真正的文艺是真实、不做作、率真、可爱、老顽童。在吃上，必须四海八方。如果一个人不吃大蒜，我简直觉得他失去了半壁江山，损失太大了。

烤大蒜也好吃。在炭火上烤，蒜香弥漫，再配瓶小啤酒，绝了。

腊八蒜我每年都腌，要记得把蒜屁股切去，记得用老陈醋腌，九天后就草绿了。腊八这天，腊八蒜配腊八粥，是生活最好的配方。

母亲爱腌制"腌蒜"，把5月的新蒜一颗颗剥出来，雪白雪白的一盒，像一群十三四岁的少女，对，十三四岁，说它们十五六岁都多了。嫩嫩的、白白的鲜蒜，用凉水泡上一夜，去其辛辣，然后只放盐腌制，几天后就能吃了，又鲜又咸又脆又辣，那种腌蒜的蒜香太迷人了，配着当地的烧饼，我一次能吃几头蒜。每到5月，我都惦记着这样的吃食，每年如此。

我母亲会做的食物不多，但腌制鲜蒜真拿手，我做了好几次，不如母亲做得好。她每年5月都腌很多腌蒜，用玻璃罐子装好，然后给我和弟弟打电话让我们去取。每人好多瓶子，放在冰箱里，可以吃一年，这是母亲的心意。

风物人间，理想生活。我的风物人间必须有大蒜，我的理想生活是阳台上挂上几挂大蒜，觉得心安。

蒜的存在，提醒着我日子的生动和生活的美好，让我吃食物的胆子更大更猛。

一道菜中有了蒜仿佛有了生气，做鱼没有蒜，你可以试试，简直能腥死。没有大蒜炝锅的菜，灵魂何在？

有人说大蒜能杀死致癌物。公元前140年，张骞出使西域，将大蒜带入中原，它煽动了我们的味蕾，是美食的诱惑者，是让我欲罢不能的、失去淑女身份的"教唆犯"，我不"装蒜"，我认真而疯狂地爱吃蒜——有真本事的食材，靠着天生的诱惑就能站在 C 位。

吃火锅时，一碗蒜泥是标配。吃面条时，几粒雪白蒜瓣是绝配。喝闲酒时，就几粒糖蒜，人生不孤单。

蒜蓉金针菇是我的拿手菜，蒜蓉一定要多要猛。蒜泥白肉我常吃。

但我最爱吃的是饺子，我微博上饺子出现的次数是冠军。我被人称作"饺子大王""饺子控"，吃饺子最重要的是什么？不是饺子馅，是必须有蒜。没有蒜比没有醋可怕多了。吃饺子我可以没有醋，不能没有蒜，没有蒜的饺子没有灵魂。

有一次煮完饺子才发现没了蒜，我气死了，简直气死了。肉三鲜的水饺却没有蒜！这怎么吃？我说句话，全家人笑成一团，我说："这饺子今天守了寡。"那次没蒜配的饺子，我觉得伤害了饺子。

把平常的日子过得不平常，把蒜升级为日常中的修炼真品，这是大化之道。每个人其实都能修炼成生活中的得道高僧。

记得有一次出差回来，进门拉开冰箱，空空如也。

在墙角处有一头蒜躺着。

我找到了一张过期一个月的山东煎饼，然后剥蒜、捣蒜。

把蒜泥加上香油、味极鲜、宁化府老醋、盐。

把蒜泥抹在过期的山东煎饼上。

然后一口咬下去。

人间至味，不过如此。

感谢大蒜带给我的快乐，让我时时刻刻觉得，人间值得。

芫荽

"芫荽"这个词真有古意，仿佛来自《诗经》之中。《本草纲目》中称它：辛温香窜，内通心脾，外达四肢。爱吃的人朝思暮想，讨厌它的人避之不及。

我属于朝思暮想的，几乎天天吃，冰箱里永远有芫荽。比如凉拌，和洋葱丝、青椒丝、黄瓜丝拌成老虎菜，和花生米拌。其实芫荽最重要的用途是点缀，无论做菜还是做汤，它是负责锦上添花的那个，无论做什么汤，几乎都要撒上几棵，在汤最后上场的时候，随便切几小棵放上，画龙点睛的笔下，芫荽味立刻入汤，汤鲜活起来了。特别是做羊肉丸子汤、牛肉丸子汤，最后的点缀是淋香油、撒芫荽。

很多菜最后要放上几棵芫荽点缀，比如干锅系列——干锅牛蛙、干锅牛腩、干锅鸡杂……出锅时放上一两棵芫荽，我觉得是负责活色生香的，放上去，一锅菜就活了，不放就少点什么似的。但很少有人吃掉那几棵芫荽，我每次都吃掉，因为喜欢那个怪味儿。

芫荽炒里脊肉真香，肉的香和芫荽的香混在一起，芫荽一定要肉熟了再放，否则就会炒老了。

我还包过芫荽的饺子，芫荽瘦肉的，油放足点，稍微加点白胡椒就行，不用再放十三香，因为吃的就是那个味儿。

芫荽味儿真冲啊，有点药味，有人一辈子吃不惯芫荽。

我父亲也爱吃芫荽。我小时候冬天没有鲜芫荽吃，父亲在秋天把芫荽晒干，冬天时把芫荽干泡开，就为那个奇怪的味儿。

每到一个地方我都爱逛菜市场，记得在云南丽江的菜市场，看见野生的芫荽和白芹菜，味道都比北方的强烈。

芫荽鱼也好吃。把芫荽裹了鲫鱼炖，特别是在春天炖，我认为是在炖春天。

有人看过我的微博，问：小禅，为什么你的餐桌上总有一盘芫荽？我忽然意识到一个问题，人爱吃什么几乎是天生的。

有一次我实在觉得口腔里寡味，半夜去看冰箱里有什么，结果除了面包、点心，就剩几根芫荽。

您猜我选的什么？

我当然选择了芫荽。我不爱吃甜食，几乎不吃甜品。所以我嚼了几根芫荽，然后才安稳地睡去。

有一年芫荽贵极了，恨不得几十块钱一斤，一块钱就买两根。

我每次买芫荽恨不得带个尺量量，但又馋，于是咬着牙买芫荽。

我给一个朋友打电话，问她在吃什么？她说："凉拌芫荽啊。""啊？这么有钱吗？"我和她开玩笑。她说："我们这儿芫荽才三块钱一斤，这都没人要。"

我听了真是生气。

从前我的梦想是有个院子，种松种枫种无尽夏种牡丹。

现在我的梦想还是有个院子，不过，这次我不种那些花花草草了，我种菜。如果只让种一样菜，我肯定选芫荽。

韭菜花

秋天的韭菜花真香。

小时候的冬天漫长，记忆中北方的冬天有菜窖，存着土豆、腌萝卜、韭菜花……以至于很多年我不吃这几种食物——那几乎是一个北方人对冬天的恐惧。饭桌上是母亲做的熬白菜、炒白菜、韭菜花、腌萝卜，还有刚出锅的窝头。在 20 世纪 70 年代，那几乎是北方中国所有家庭的日常。

但我难忘韭菜花的味道。下学归来，新出锅的窝头，夹上淋了香油的韭菜花，一边吃，一边去跳皮筋。我从小便是一个疯丫头。

大了喜欢书法，读到杨凝式的《韭花帖》，掩面而笑，看得口水快流出来了。那句"乃韭花逞味之始"真好，"逞味"是得意的句子，韭香迷人啊。特别是初秋的韭花，剁碎，腌几个小时就能吃了。我母亲口味重，要加很多盐，说这样才鲜，咸鲜是连在一起的。我父亲要淋上一大勺香油，然后说："真像是在吃秋天。"

午后读《韭花帖》是要饿的，去冰箱里翻出韭菜花，又煎了馒头片，夹在一起吃，真想问一声杨凝式，是否也有这样的下午？

前几年（大概是丁酉年）和建森先生一起去华阴，为的是听华阴老腔，但发现杨凝式是陕西华阴人。

我们坐在饭店里吃手抓羊肉，店小二上来一盘韭菜花，一看就是隔年的韭菜花——像有了风霜的中年人。大家都拿羊肉蘸韭菜花吃，这两种味道放在一起也真是要命，韭香和膻味，产生了浓烈的化学反应。明明看着不合适的人相爱了，刀枪与剑戟，明晃晃地打了起来，可真妙。我那天吃了二斤手抓羊肉，蘸着陈年的韭菜花，听着华阴老腔，这才是陆地仙人的活法。

我也爱吃老北京铜锅涮肉，必须烧炭，一圈人围着火锅，咕嘟咕嘟冒着烟气、锅气。一定要有一盘韭菜花，也是陈年的。再配酱豆腐汁儿，新鲜的手切内蒙古羊肉，几下涮出来，裹了韭菜花和麻酱蘸料，那叫活不了。

我不知道南方人是不是吃韭菜花，我经常去南方出差，没怎么见过。印象中好像只有北方人吃韭菜花，南方人吃得清淡。韭菜花的味道在口腔里久久不散，大蒜和韭菜花都不适合热恋期间的人，影响恋爱的感觉。

但真爱你的人，也不管你是否吃了大蒜和韭菜花。他不管，因为他爱。

辣

辣是浓烈的，绝非稀薄的爱情。

五味中，我格外钟情于辣。

酸有小嫉妒，甜有小缠绵，苦有舌尖上的微涩，咸是大众的，只有辣，是分外纠缠的小情人。明明是怕她，明明是不敢惹她，她俏，她野性，可贪的就是那一口，吞下去，真辣心呀，得热辣半天。之后，是百转回肠的动荡，心里纠结着、疼着、辣着。

我总也不会长记性，还要再吃，点米线时，一定说，要超超辣，那是最辣的一款。点夫妻肺片，也嚷着，多放辣椒。水煮鱼，漂浮着一层辣椒。在俏江南吃水煮鱼，服务生用银质小漏勺要捞上些许工夫，而麻辣香锅，不放上半盆辣椒，那喜吃辣的女子，一定竖了柳叶眉嚷不够辣，当然要有毛血旺，这名字就辣劲儿十足，连鸭血豆腐也全是辣的了……

过瘾。

瘾这个东西，总是难以戒的。

味蕾的记忆是牢固的——到死，也会记得小时候吃的那碗面片汤，放了细碎的葱花小香菜，还有西红柿和牛肉丁，母亲亲自做的面片……何况辣的记忆？辣有一种最原始的冲动，如莽撞少年。吃辣的人脾气不好，但骨子里是古道热肠，辣还有一种横行霸道和横冲直撞，火辣辣，我喜欢这个词。根本是不由分说，一口下去，要了命了。

在四川、重庆、湖南、湖北，简直无辣不成菜。最辣的辣椒是在越南，据说闻一下就丧胆。还有较辣的，在汪曾祺先生写的昆明，只需要吊在锅里涮一下下，得，辣得江湖泛滥，整个厨房的人全去找手纸，据说效果惊人。

我喜欢辣的这种脾气，敢爱敢恨，绝不拖泥带水。爱就天翻地覆，恨就立地成佛，没有中间阶段。人生这么短，想想就是个过瘾。上了瘾的东西能戒吗？据说毛主席一天不吃辣就味同嚼蜡，我周围亦有女子明烈烈地嚷着不吃辣椒会觉得人生了无趣味，她家里摆满各种辣酱——一溜七八罐，老干爹老干妈是小儿科，连海天黄豆酱超超辣也不放过，比纵情声色都要过分。问及，她言：似与最喜欢的男子缠绵。如此好色，如此好辣，真活得翩然也。

辣是浓烈的，绝非稀薄的爱情。就似刀架在脖子上还笑傲江湖，一点儿也不绮丽，也不清寂，也不落寞，始终是滚烫的。要的就是前无古人后无来者呀。用辣的味道来形容爱情，尽管吞下去是疼的，可是，谁不希望遇到这样一次辣辣的爱情呢？虽然疼了，辣了，可是，如此真心呀。

犹记少年时，可真迷恋辣。

我喜欢在馒头上涂上很厚的辣酱，也喜欢吃水煮鱼上那层辣椒，还喜欢在吃涮羊肉时单独叫一碗炸辣椒，香油炸的，可真香呀，油上漂着一层金黄的辣椒，我每次都要吃掉那一小碗。有一次和一个女友去成都，我们天天吃辣，到最后，她呈现崩溃状，眼神凄迷地说："我觉得我胃里每天都发着烫，可是，我又不忍心不吃……"我们吃"烂火锅"，里面的辣椒和麻椒得有一公斤，而小料就是一碗香油，想想吧，鲜、香、辣……以至于我回来长了五六斤肉，朋友见了我说，胖了。

越吃越馋。因为开胃，因为辣的纠缠，总觉得没有吃饱。真的习惯吃辣的人，再吃所有的东西都会寡味，那个寡字，才是寂寞爬上了心头，一切都索然无味，你吃完了如此浩浩荡荡辣得要人命的辣菜，还会去尝试一些寡味的菜吗？

小区南边开了一家嘉丰湘菜馆，每天门庭若市。晚去一会儿就没座儿，一进门就飘满了辣味，各方辣友会聚……有一个男人说，这是改良了的辣，廊坊人哪会吃辣，放到南方去，都辣个半死。我和颖笑了，她总嫌我要的菜太辣，我总告诉厨师，可以多放点儿辣椒，她说，你真过分。每次吃饭她都用一堆纸巾，可是每次她都惯着我，让我随便和人家说"多放点儿辣椒"。也许所有心爱的人都会这样宠爱着我，就像他说："我尝试去吃水煮鱼，我要习惯辣。"他说过的许多话她都忘记了，可这句话她记得，那天北京雪后的路特别难走，她在出租车上看到这条短信，哭了。

辣是一种纵容的态度，书上说，喜欢辣的人都特别任性。任性？是，我喜欢这个词。

就任性一点儿吧——人生这么短，再不任性就来不及了。

辣，就辣到放纵的程度吧，就像爱，尽情地来吧。

来吧来吧来吧！

芥末

芥末这东西真微妙。微妙在于喜欢的是真喜欢，不喜欢的一口也吃不了，像折耳根、榴莲、臭豆腐，在味蕾上的私密性，芥末最见仁见智。

日本料理离不开芥末，最鲜的酱油放上芥末，用新鲜的三文鱼蘸着吃，妙极了。

芥末像一场浓烈快意的爱情，明知道不能在一起，偏要干柴烈火，要的是那种刺激。它从不家常，拼尽一生要辣出眼泪。

有一次吃日料，不小心芥末吃多了，差点当场晕过去，鼻涕眼泪一堆，吃多的人不止我一个，一屋子人都流眼泪打喷嚏，一屋子此起彼伏，像看了浓情的电影。据传有演员哭不出来，就给她吃芥末。

北京菜有个"芥末墩"，大白菜上市了，白菜去帮洗净，横切成几厘米厚的圆菜墩。芥末放碗里，烫沸水顺一个方向边搅边加入醋、盐、糖、香油，制成芥末糊。将白菜墩涂上芥末糊，码盆中盖严，放阴凉处，搁置一天后可食。

我喜欢吃芥末墩，哦，我喜欢吃芥末——我喜欢吃一切刺激性的食物，觉得这样的人生才快意恩仇，比如辣椒、榴莲、折耳根、臭豆腐……

芥末凉拌木耳是夏天的好菜，加上一些山椒油，怪上加怪，美上加美。

我也爱吃荆芥，这是河南人的最爱，有时候我觉得它和芥末是表兄妹。那种奇异的味道，人只要尝过，一生不忘。

河南人做面条一绝，面条里放荆芥，我开始吃不习惯，后来觉得没有荆芥比没有蒜还难受，现在家里永远有荆芥汁。在口味上，我南北通吃，但更倾向于北方。

芥末虾球也好吃——又刺激又香，在味觉上，人类喜欢刺激，大蒜、香菜、香椿、韭菜……

都有异香，我都喜欢。

在日本吃过芥末冰激凌，又凉又钻鼻子。

上海有家自助天花板 Wasabi。鲷鱼、金枪鱼、三文鱼、鹅肝、贝柱、红魔虾、黑虎虾、牡丹虾、生蚝、和牛刺身、西班牙火腿、烤鳗鱼、天妇罗……798 元一位，我统统和芥末搭配，个个绝味。

我常常想自己这半生，写作、画画、写书法，去很多卫视做过戏曲评委和艺术评委，走千山万水，过柴米油盐，把一秒掰成八秒花，嗯，活色生香的，就是的。我为什么喜欢芥末？因为想要热热烈烈的生活，无论什么年龄，无论经历过什么酸楚，并不妨碍一个人带着笑往前走，像吃了芥末，也许流泪了，可是，你要享受那流泪的感觉。

我晚上做芥末虾球吃。

鲜

　　鱼羊为鲜。私下认为，所有滋味中，鲜最妙，鲜最难。鲜字左为鱼，长江四鲜：银鱼、刀鱼、鲥鱼、鲴鱼，靠一口鲜夺人。苏轼说："尚有桃花春气在，此中风味胜莼鲈。"鲈鱼有多鲜美，蒸鲈鱼可以鲜掉眉毛。范仲淹说："江上往来人，但爱鲈鱼美。"李贺说："鲈鱼千头酒百斛，酒中倒卧南山绿。"但吃鱼的同时，我更喜欢范仲淹的下半句："君看一叶舟，出没风波里。"

　　多年来去全国各地出差，有幸吃过海鲜、江鲜、河鲜、湖鲜。

　　东海的海鲜好吃，我去福建东山吃海鲜，只记得那儿鱼肉鲜美，切了鱼片直接加芥末、生姜和生抽来吃。还有广东沿海一带的鱼生，特别是顺德鱼生，活鱼现切，鱼片还跳着，对，还跳着，这很生猛。配料有薄荷叶、香菜、洋葱、姜丝、蒜片，鱼肉居然是鲜甜的，这是对"鲜"味极大的尊重。鱼皮凉拌了，有脆感。广东人讲究好彩头，吃鱼生又叫捞鱼生，捞指拌匀，在粤语里有赚的意思，将所有配料与鱼生捞匀在一起，一边捞一边大喊：捞啊捞啊发啊发啊，寓意：捞得风生水起。

　　印象深刻的还有南通，我写过一篇文章《南方通灵》，南通有狼山、长江、南通家纺，但我最记得的是南通的河豚之"鲜"，从长江里刚刚捞上来的河豚，说鲜掉眉毛不过分。有一年四月下江南，那是河豚最鲜美的季节，河豚又香又鲜的感觉如初恋。苏轼说："蒌蒿满地芦芽短，正是河豚欲上时。"

河鲜肥美。八月河里的螃蟹膏黄润腹，一口下去，鲜而贵气，是中秋节的佳品。

湖鲜也美。有一次去苏州，太湖三白上来，主打一个鲜：白虾、白鱼、银鱼，白虾是粉白色，直接煮了吃最鲜；清蒸白鱼汤汁入味，鲜嫩无比，绝不用重料。

后来有人说川菜湘菜用重料是因为食材不新鲜，包括云南、贵州、湖南的腊肉，是为了对抗时间的折磨。"鲜"和时间是赛跑，是百米冲刺，鲜必须夺冠，分秒必争，一和时间打持久战，"鲜"就输了。

我尤爱宁波小海鲜。私下认为这是海鲜的"鲜"之最，写过的一篇"甬菜"已详尽写了小海鲜。我过日子就想吃宁波小海鲜，恨不得能买张机票立刻飞到宁波，找个小馆子，点几条小黄鱼，只需要清蒸，绝对鲜到流鼻血。

还有血蛤、酱青蟹、葱油海瓜子、葱油白蟹、烫毛钳、清蒸丝鱼、生腌红虾……就一个宗旨：鲜。

我在日本也天天吃生鱼片，曰"刺身"，那鲜味一直在嘴里跳，尤喜三文鱼，鲜到像一场梦。我在日本一个月，几乎被"鲜"字袭击，连那汤，都鲜掉眉毛，日本豆腐嫩嫩的，也鲜。

再说鲜右边的"羊"，在古代，据说鱼和羊肉放在一起炖，古人曰"鲜"，但我试了一次，不得味，反而膻而腥。鲜字后面是羊，羊是畜肉中最鲜者，和其他肉比，羊肉最鲜，猪肉有些腻，驴肉有些柴，牛肉有筋有丝。宁夏手抓羊肉鲜美到只要水煮放盐，即可鲜美欲滴；老北京铜锅涮肉，羊肉要小羊鲜切，炭火来涮，配了韭菜花，王致和酱豆腐，还有麻酱，是冬天里北京的风物人间；羊肉串是街头的最爱，就上啤酒，有人能吃 100 串，是夏天风景……这是羊肉的动人之处。宁夏滩羊最好，内蒙古羊肉也好，有一次银川的张雪姐姐给我寄来一整只滩羊，这么多年我还记得。

我父亲爱吃羊肉饺子，我母亲爱给他包，包了一辈子。80 岁之后，我父亲说："莲的妈，我只想吃你包的羊肉饺子，别人包的不好吃。"我父亲认为人间至味就是羊肉饺子，因为鲜美至极，还必须是我母亲包的。写这篇文章时，我父亲 84 岁，母亲 82 岁，他们还乐呵呵地生活着，多好。

我表妹小时候吃羊肉吹了风，吐得到处都是，以后再也不吃羊肉，一口也不吃。但她会给我包羊肉饺子，放花椒水搅拌羊肉馅儿，花椒水把羊肉的香激出来，又鲜了一个层次，每次吃羊肉饺子我都比平时多吃十几个，然后一杯好的生普泡下去，用生普去压羊肉，是棋逢对手。

羊肉丸子也好吃。拌馅儿时打上一个鸡蛋，丸子不散。出锅时撒一把香菜，提鲜，羊肉更有灵魂了。

但我最爱吃火锅。北方涮锅子多涮羊肉，涮别的差点意思。后来有肥牛，但到底不如小肥羊。

所以，鱼羊凑在一起就是鲜。"鲜"的食物还有早春的香椿，老人们会说：吃个鲜儿。还有六月的麦仁，青青的、香香的。还有青杏，摘下来入口，又鲜又涩，像十六岁的姑娘。在春天，春笋和春雨一样，是贵的，春笋和肉一起炒，清香鲜嫩。还有春天的豌豆，一粒粒剥出来清炒，那个鲜美……

有几年盛夏我在丽江，正好是七八月份。

在"鲜"方面，云南的菌子算一份，特别是松茸。

松茸生活于海拔 2000~4000 米无污染的松树和栎树之间，据说有 18 种氨基酸。松茸刚下来时，商人们打包发往昆明，再销往日本，到了日本身价百倍，据说是黄金一样的存在。

有的松茸生长周期要五六年，大个儿松茸更是难得，即便是在云南，也很昂贵，2000 元一斤也是正常。

松茸切了鲜吃，那叫"鲜美"；蘸了辣根（芥末）和顶级味极鲜酱油，又是另一种香鲜。

松茸做汤更鲜美，一锅全是菌子味道。

有一年在丽江，潘老师夫妇请我吃松茸宴，在一个有火炕的饭店里，桌上摆了十几盘子松茸，鲜切吃、涮着吃、煮松茸汤喝，我觉得自己好像富豪一样。

五月槐花香的时候，邻居送来槐花，于是蒸了槐花的馍馍，看着楼下的槐花，此时，满院子的香，满屋子的香，都凛凛的。

"鲜"的好物还有茶。

明前龙井，十八棵老龙井，它不是一款茶了，是一个春天的交代了。

"院外风荷西子笑，明前龙井女儿红。"透明的高玻璃杯，嫩绿光润的叶子，在西湖边，泡一杯明前龙井，望着远山、湖水，自知尝了一口春天的"好鲜"。

还有春韭。

杨凝式的《韭花帖》的韭花，就是一口鲜，"夜雨剪春韭"，这句真美。

好日子是和心上人剪了春韭，一起和面、包饺子，外面下着春雨，她擀皮，他包。

好时光是有包浆的，让有深情的人相互依偎，如果爱，这一辈子都是新鲜的，仿佛人生只如初见。

保鲜很难，无论是食材还是爱情。

灵魂保鲜更难。

鲜灵灵的灵魂，水灵灵的灵魂，最鲜。

叁

鲈肥菇脆调羹美

肠粉

我很晚才吃到肠粉。作为一个地道北方人，我第一次去广州时已经 20 多岁了。同飞机的南方朋友说："到了广州我请你吃肠粉。"

我对肠粉的想象是一碗粉，像桂林米粉、螺蛳粉、老友粉、酸辣粉……总之，应该是一碗粉。

下了飞机我们就去吃夜宵了，真是有"香港之夜"的味道——在珠江边的大排档里，闻着花香，看着珠江两岸夜色，面前，是这碗肠粉。哦，不是一碗，是用米浆、生蚝、猪肉、鸡蛋、虾肉、香菇、青菜、玉米等做成的一段段透明的食物。它们以一种诱惑而迷人的姿态出现了：透明、软糯、食材丰富……有点像北方的春卷，但无疑比春卷烦琐、高级。据说北人南迁，因到了南方没有小麦，便用大米磨了米浆、做了肠粉。

我觉得"肠粉"这个名字好听极了。

于是每到广州，我都贪恋广州的早茶，早茶中最喜欢的，是这份肠粉。

我对广东早茶文化甚是迷恋。

早茶，多么优雅迷人的两个字。

在北方，我们匆匆在小吃店里吃个包子、煎饼，或者油茶、烧饼、豆浆，然后就去工作了。早餐就那么几种，不超过半小时就吃完了，北方早餐是急匆匆实现的，仿佛是为了活着、果腹。我们把更多的精力用在了中餐和晚餐上。早餐是被忽略的。我去郑州出差，去方中山喝胡辣汤，外面几百人在排队，也不过是胡辣汤、油盒、油饼、水煎包……几种而已。我犹记第一次到广东吃早茶，我住在白天鹅宾馆，早茶去对面的"侨美食家"吃，这是广州十大美食餐厅之一，墙上挂着很多名人照片，我先看到的是蔡澜先生。

"侨美食家"的客人多是当地的老广州人——以老人居多。他们有很多房子，还有出租的档口，随便租租就过着一等一的日子。那里有许多位子是固定的，她或他，早晨七点坐在那里，泡茶、看报纸、喝早茶，一年365天，都这样。这成为他们的日常——早晨起来去公园散步、跳舞、打太极、唱粤剧……然后一个人来喝早茶，一份报纸、一壶茶、几份点心，边看边喝边吃，可以吃到中午。一个老太太自豪地和我说："这是我家的后厨。"她来这里吃早茶已经20年了。

我在广州住了一个月，吃了一个月早茶，仍然没有吃遍。品种太多了，多到眼花缭乱，样样是精品——虾饺、牛肉丸、莲蓉包、滑鸡粥、鱼片粥、麦香包、煎年糕、红豆糖水、蚝汁叉烧酥、炸云吞、叉烧……当然，还有肠粉。

吃完早茶，我便去沙面散步，然后喝咖啡。高大的榕树令我流连忘返，这世界上有个迷人的地方叫广东，广东有个广州，广州有沙面，沙面对面是珠江，珠江两岸到处是喝早茶的餐厅，其中一个餐厅中有坐在临窗的我，点了广式早茶，一边听粤剧一边吃早茶。我就这样爱着广州，每年有一个月的时间住在广州，不为别的，为的是这份迷人的广式早茶。

还有，面前这碗让人欲罢不能的肠粉。

海蛎煎

每次想到吃海蛎煎都会想到王仁杰老师，王老师仙去快一年了，但总觉得人家还在泉州，并且吐了一口烟圈说："小禅，我带你到石狮吃海蛎煎吧？"

"我本是槐花院落闲散的人，满襟酒气，小池塘边趺坐看鱼，眉挑烟火过一生。"看到这句话就想起王仁杰老师，想起海蛎煎。

第一次吃海蛎煎是到泉州，大街小巷里全是土笋冻和海蛎煎，我咬牙吃下土笋冻（里面全是虫子），又在街边要了一份海蛎煎。这三个字动人极了，但也有地方叫蚵仔煎（比如潮汕）。只见厨师把海蛎和地瓜粉抓在一起，再加上蒜苗，然后放鸡精、酱油，放到高温油锅里，最后淋鸡蛋液，煎成金黄，出锅。

厚厚的地瓜粉包裹着海蛎，口感 Q 弹，据说海蛎煎是闽南人招待客人最相宜的家常菜。那是我第一次吃这种自认为奇怪的菜，它却是闽南人的日常。后来越来越多到闽南，泉州为最，总有二三十次了，次次要吃海蛎煎，逐渐习惯了海蛎煎，当然也喜欢了面线糊、花生汤、肉粽、鱼卷、甜粿、润饼、绿豆饼……泉州也接受了我这个异乡人——王仁杰老师、曾静萍老师、连真、蓝净、付志雄老师、琉璃月……提起泉州心里总是会一热，那里有可亲可怀的故人，他们带我去吃了姜母鸭、烧仙草、沙茶面、虾面、鱼丸汤、起司马铃薯……

朋友带我去闽南乡下挖海蛎。靠海边的小渔村，家家有养海蛎的滩涂，海蛎在落潮后便浮出来，连壳铲下一只只粘在石头上的海蛎，撬开蛎壳，把海蛎只只挖出来，我们就在海边炒海蛎煎吃。海边灯火像一场烟花梦，我们边吃边聊，有人唱起闽南歌，那般应景。我这个异乡人也仿佛故乡人，我对闽南保持着极度的好感。

我吃的最好的两次海蛎煎都是在泉州。第一次是在梨园戏剧团，"梨园戏皇后"曾静萍老师请我们吃饭（我单独写过她，《仙妖伶》这篇即是），她快 60 岁了，仍旧像个女孩子一样：干净的眼神、清爽的气场，她的衣着简单扼要，有时候明明像个男生，上得台去，又是十六七岁的妙龄少女，简直是老天爷赏饭，必须唱戏。

她亲自去厨房做海蛎煎、润饼、牛肉汤……一边做一边说："海蛎多放，不要舍不得！必须多放！"她说话、笑起来都迷人极了——没有年龄的样子。尤其是下厨房时，更迷人。

那份海蛎煎在我心里一直有这样的画面：推开梨园剧团的窗，外面是红砖房子、绿树、远山，屋内是三两素心人，喝茶、品戏，吃润饼和海蛎煎、牛肉汤……是闽南的富春山居图……那份海蛎煎总像一幅图画，味道如何却记不得了，只记得那情、那景、那人。

每次去泉州，王仁杰老师都要请吃饭（我也单独写过王老师，唤作《老狐仙》），他被称为当代汤显祖，大剧作家。快 80 高龄，好玩、有趣、生动。一天到晚烟不离手，能发现泉州很多迷人的小馆子，但我印象最深的一次是去晋江石狮吃海蛎煎。

王老师说那家海蛎煎简直是人间至味："小禅，你不要嫌乱哦，在一个大棚里，是一个小地摊，但在我吃过的海蛎煎里真是全天下第一，我绝不诳你。"

我与王仁杰老师站在地摊前抽烟聊戏，看着师傅大火爆炒海蛎煎，那个锅气扑到我们脸上、身上，简直活不了。

乱哄哄的大棚里，王仁杰老师、木鱼、花姐、我狼吞虎咽吃着海蛎煎，花姐也是我笔下人物，上市公司老总，60岁了依旧全世界旅行，她本来在五星级酒店吃了早餐，但在最诱人的海蛎煎诱惑下又吃了很多：海蛎简直放得太多了，太迷人了。但王仁杰老师说："吃完海蛎煎必须喝碗花生汤，那才叫绝配。"我们又在大棚里喝了花生汤。撑得难受，扶着墙走，王老师又说："再来碗米线糊更好……"一切如在眼前。

我天天看王老师朋友圈，看他发吃吃喝喝，迷恋得很，他说等我再来泉州，还去石狮吃海蛎煎。

庚子年5月，连真老师来电，说王仁杰老师在医院已是弥留之际。

我震撼之余觉得说不出的悲伤——他才78岁，一辈子是个有趣好玩的人，这样的人活100岁才是对人类的贡献啊。

王老师癌症扩散，但未觉得疼痛，没有几天就仙逝了。众人恸哭，整个泉州城都在怀念这位有趣的老人。

我托连真敬献了花圈，又翻出写王仁杰老师的文章，不知不觉红了眼圈。

再也没有人带我去吃那么接地气的海蛎煎了，再也没有人站在路边的十字街头，然后掏出一支中华说："来，小禅，抽烟。"

不管我会不会抽，一定抽出来说："来，小禅，抽烟。"

一个人生活的有趣，可以活别人八辈子。王老师就是这样迷人的人。

庚子年我又到泉州，一个人默默去了晋江石狮的市场，又找到那家地摊，要了一大份海蛎煎。没有那年好吃。

我知道，因为少了老狐仙王老师。

胡辣汤

河南人真是离不开胡辣汤。我去郑州、洛阳、开封、漯河……满街上都是喝胡辣汤的人，就着小油条、肉盒，吸溜着喝。河南人不怕烫，专门爱吃这个"烫口"，一旦凉一点，也不是凉，只是不那么烫了，一定要去锅上滚一下，保证烫才吃。

大夫说河南人得食道癌的多，太烫了不好。可就是要烫，特别是胡辣汤，要转着碗边喝。

我第一次喝胡辣汤是在西安，至今已有 20 多年了。那年我去西安，黑暗中递过来一碗糨糊一样的东西，又咸又稠又腥，一股过分刺鼻的胡椒粉味儿，我只喝了一口就吐了。那是我对胡辣汤最初的印象。

后来我招了一个小助理小牛，河南人。跟着我天南地北吃，可就是馋她的胡辣汤和菜馍、饹馍、油盒。她定了胡辣汤的"锁鲜装"，空运过来，然后迫不及待喝起来，一边吸溜着喝一边说："还是不如现场喝，还是差点意思。"

我知道差点意思。食物讲究个锅气，早点摊很多人站着吃，不肯坐下——大概坐下会耽误点什么。

我们家乡有吊炉芝麻酱烧饼，要立在吊炉边上吃！刚出锅的芝麻又香又脆，一边吃一边掉芝麻，用手接着，嘴里是热气、芝麻香、麦子香、麻酱香、五香粉香。我每次回老家都去炉子边站着，如果是冬天，冒着哈气吃，再加一碗豆腐脑，简直是人间至味。

我在小牛的带动下渐渐能喝胡辣汤了。从她分给我一小碗，到最后也和她平起平坐，一人一碗。

庚子初冬，河南郑州图书馆请我去讲座。小牛说："去，去，我们去喝方中山胡辣汤，吃羊肉烩面！"大概郑州没有人不知道方中山胡辣汤。

方中山是一个人，一个50多岁的男人，从十几岁开始做胡辣汤，几十年如一日，有两百多家连锁店，总店在郑州，每天卖五千碗胡辣汤。

经郑州美食协会会长赵老师引荐，方中山先生和妻子姚提仙亲自接待我喝了这一碗胡辣汤。

人山人海啊，简直是郑州第一打卡地。每天五点营业，有八百人在外面排队。我去的时候一个在香港生活了多年的河南人回了郑州，就为这碗胡辣汤。他说，简直可以边喝边哭。他说，终于可以喝"滚头"的胡辣汤了。"滚头"这两个字太生动了，好像是喝沸腾的东西，那个滚字，再加上头，是中国美食和文字的绝配。

方中山先生和他妻子姚提仙就是朴素的农民样子，没读过几年书，做胡辣汤快四十年了，一点没含糊——姚提仙每天五点准时到总店里，每一锅都要亲尝，这个细节甚是动人。

那天早晨的胡辣汤鲜美实在，牛肉胡辣汤——料真足啊，香料放得猛，年轻人喜欢。配了肉包子、肉盒、葱油饼，还上了豆腐脑，可以两掺着吃——我喝了一大碗胡辣汤，吃了两个肉盒。肉盒的馅料是牛肉和粉条，扑鼻的十三香钻到口腔里，刺激又缠绵，胡辣汤和肉盒像一场刺激的爱情，令人欲罢不能。

除了方中山胡辣汤，河南省周口市西华县逍遥镇的胡辣汤也了不得，算逍遥派。常用的食材有：胡椒（大量）、辣椒、熟牛羊肉丁、高汤、面筋、粉条、海带丝、黄花菜、黄豆、花生米、豆腐丝、木耳。

特别是胡椒粉和高汤，是点睛之笔。那种复合混杂的味道是江湖，是中原人裹在心头的最爱。

我问赵会长胡辣汤起源于何时？他也说不清。其实我想知道一千年前的宋徽宗喝过没有。孟元老的《东京梦华录》中谁是胡辣汤？当年的开封府夜宵是否有肉盒、葱油饼、锅贴配胡辣汤？

我试着做了胡辣汤，口感一般。我也做了肉盒，都不如在河南好吃。我知道，我的锅里没有河南那个气场，那个味儿。胡辣汤属于河南——滚烫、胡辣、江湖、刺激、熨帖。

每个河南人心里都住着一碗胡辣汤。

鲈肥莼脆调羹美

羊杂割

"羊杂割"三个字妙极了，古风盎然，特别是这个"割"字。我们这儿叫"羊杂"，但我去山西、陕西，他们叫"羊杂割"。

羊杂割是什么？羊肚、羊肺、羊肝、羊胃……有时候还有羊眼，剁碎了放一起。我小时候的记忆，是父亲下班提着一小兜羊杂割回来，母亲用它煮了羊杂汤，再泼上炸辣椒，一个刚出锅的窝头，夹上一块臭豆腐，给神仙不换。

蔡澜先生爱美食，写了一篇《羊》，他问，整只羊最好吃的是哪部分？他说是羊腰旁边的肥膏，香到极美，吃了不羡仙。但汪曾祺先生说羊脖子那一块肉最好吃，可能因为是活肉——羊脖子要来回转。我爱吃一切脖子——羊脖子、鸭脖子、鸡脖子……越难啃越想吃，就喜欢那个费事的劲头。出差时哪儿哪儿都有周黑鸭，旅行箱中永远有鸭脖子。觉得人间真值得啊。

在内蒙古，满座能吃到羊脖子的人一定是德高望重之人。我吃过几次羊脖子，不是因为德高望重，是加了钱在内蒙古的草原上吃的，内蒙古的羊肉是真鲜，羊肉白水煮了，有的稍微加点花椒，煮熟了切一小块，蘸点盐，立刻证明了"鲜"的意味。鱼羊为鲜，果然是。

我有朋友在美国，说美国人不吃动物内脏。她把羊内脏和猪内脏全部拿回家——卤了猪大肠、猪肝、猪肺、猪心，又支起锅来炒糖色熏，这是地道熏货。油炸一盘花生米，打开一瓶二锅头，一边吃喝一边觉得人生圆满。有时候人思乡无非是对故乡那一口味蕾上的惦记。羊杂她煮出来，每天做一锅羊汤，再配上她自己烙的麻酱烧饼，和在北京也没有多大区别。我刺激她说："还是有区别的，你做的这一切没有'镬气'。"真正懂美食的人都讲究这个镬气，迷人得很呢。

在西安街头，特别是那些巷子里，"镬气"到处在。我常常去回民街附近的那些巷子里逛，"羊杂割"很多，配上刚出锅的牛肉饼（西安人又叫油旋儿），听着秦腔，人生至美时刻。

羊下水就这样变成"羊杂割"，据说可以追溯到元朝。元杂剧《窦娥冤》中，张驴儿他爹尝的就是窦娥递过来的羊汤，他不知道里面有砒霜，窦娥也不是下毒的人，但坏在了这碗羊汤身上，可见有多好喝。

我去苏州小住，吃藏书羊肉，也吃到羊杂割，总觉得有苏州园林的文气。我还是愿意在北京的小胡同里，最好是数九寒天，隆冬，我坐在小馆子中，看热气腾腾的羊杂割端上来，我撒上芫荽和炸辣椒，一碗一碗地吃。小馆子中坐满了人，谁也不认识谁，但在一碗羊杂割面前，都露出食客本色。

我吃的最难忘的是太原并州饭店的羊杂割——哎呀，我一写到这儿都流了口水，情不自禁。

宏芳与我住到并州饭店，她说："小禅，这里的羊杂割，都说好吃。"她一个山西大同人，居然从来不吃羊肉，也真是奇怪。第一碗羊杂割上来，上面漂着一层辣红油，还有红薯粉在下面，我加了醋和炸辣椒，一口下去我只说了一句话：再给我来三碗，当然碗也小点。我每次要吃三四碗羊杂割——里面的羊杂、辣椒、红油……复杂的味道欲辨已忘言。而且必须滚烫，我不爱喝凉了的羊杂割，差很多意思。滚烫的羊杂割是燃烧的情侣，凉下去的是家常夫妻。

我得燃烧，我要沸腾。

后来宏芳又带我去大同，大同的曲老师是美食家，开了很多饭店，家家爆满。我去她的"木兰小馆"吃饭，也点了羊杂割，味道也好极了，我也吃了三碗。

但如果和并州饭店的羊杂割比起来，还是差了那么一点点，那一点点很微妙，世界上的美食、爱情大都一样——差一点就差很多意思了。

据说，并州饭店的厨子也大多是大同厨子。

我去过山西很多次，因为和山西卫视合作多。做过山西卫视《伶人王中王》评委，又做过《人说山西好风光》评委。沿着林梁二人的古建路线又走了几遍，不说走遍了表里山河的山西，也去过山西的大多地方，山西的美食让我留恋，各种面食、各种羊肉……

但山西美食，大同在我心里排第一，而在大同，羊杂割又排第一。

我坐在大同小馆子中，要了三碗羊杂割，配了油饼，听着大同人讲话：一千五百年前，这里是北魏孝文帝的天下，这个鲜卑族的后代，带着他的子民创造了平城、云冈石窟……我相信，他一定爱吃羊杂割。再往北走，就是辽阔的草原了，那里到处是羊，手抓羊肉、羊杂割、烤全羊……我一边写一边流口水，不行，我要去吃一碗羊杂割了，别拦着我。

臭豆腐

我是真爱吃臭豆腐。

有些人一辈子不吃臭豆腐，真是天大的遗憾。

我爱吃奇奇怪怪的味道：臭豆腐，臭苋秆子，苦瓜……不爱吃甜腻之物。这一点，不像看着像南方女人的我，在肠胃上，我很江湖。

炸臭豆腐香。长沙火宫殿的好吃，长沙角落的也好吃。但我最爱的是王致和臭豆腐，我自己炸几块馒头片，焦黄金脆。我又炸了花椒油：把香油烧热，放上几粒花椒，偶尔也能放几粒麻椒，然后泼在臭豆腐上。那个瞬间，是一场火爆的情事一般。那刺啦一声，花椒油味儿和臭豆腐味儿混在一起，抹在焦黄酥脆的馒头片上，是人间至味。

有一次我在上海见一位金枝玉叶老名媛。她家宴请我，几乎是一水上海本帮菜：浓油赤酱的锅烧河鳗、红烧圈子、糟鸡、水晶虾仁、茭白、荠菜春笋、佛手肚膛……烧菜的是上海老阿姨。她见我吃得并不积极，忽然问了一句：吃臭豆腐吗？那时她穿了黑色镶钻旗袍，梳了爱司头，戴了极珍贵的珍珠项链，和这句问简直格格不入。

我吓了一跳。

她又很认真地问了一句。

我连忙点头。这个快70岁的上海女人鬼媚地一笑："我是满族人，出生在北京，从小就在胡同里听人吆喝，'卖臭豆腐'。每天黄昏去买臭豆腐是皇城根下最美的记忆。"

那是在上海吃的印象很深的一次臭豆腐。然后我们又喝了下午茶：英式红茶、法式点心、正宗哥伦比亚咖啡。一切优雅极了。

但我最难忘记那句：吃臭豆腐吗？

我到过湖南很多地方，去长沙的次数最多。

去长沙多还有一个原因——我儿子在湖南大学。他带我去吃臭豆腐，又说："湖南大学的其实最好吃。"

我去湖南大学讲座，他发朋友圈：君从远方来。讲座现场他给我录像，和同学说"这是我亲戚"。他同学不知道我是他妈。他知道他妈爱吃辣椒和臭豆腐，放寒暑假回来就常常给我带，并且说："湖南的辣椒和臭豆腐好吃。"

这臭小子，总能掐准我的脉。

我还搞过一次最震撼的事件：把臭豆腐、炸辣椒、蒜泥、老醋拌在一起，夹在刚出锅的大饼里。

"怎么样？表姐？"我表妹问。

"给个皇后也不换。"我说。

"没人给你，亲爱的表姐，就你这样重口味，得把皇上熏死。"

但我印象最深、吃得最美的一口臭豆腐，是在七八岁的时候。

那是 1978 年，刚刚改革开放，我发烧到 39 摄氏度。我父亲问我："莲，你想吃什么？"

我脸烧得红了，声音虚弱地说了三个字："臭豆腐。"

那时城里的老王头做臭豆腐做得好，天正下大雪，三九严寒，我年轻的父亲踩着半尺厚的雪，敲开了老王家的门。

买了五毛钱的臭豆腐回来。

我母亲在家熬玉米糁粥，烙了"金裹银"饼（就是用白米裹上玉米面烙的饼），又破天荒地炒了几个柴鸡蛋。

父亲举着臭豆腐回来，帽子上全是雪："莲，臭豆腐买回来了。"

那天晚上一家四口围在炉子边吃臭豆腐的一幕还在眼前。

转眼过去 40 多年了。

吃火锅

我去重庆出差，放下行李后第一件事就是去吃火锅。

这简直是顶要命的头等大事。

伙计问：要鸳鸯锅吗？我不高兴了，难道看着我像外地人不会吃火锅吗？

不，不要鸳鸯。要地道重庆老火锅，要重辣的，要滚着红油的！

要牛毛肚、猪黄喉、鸭肠、牛血旺！

哦！重庆！简直是火锅的海洋，仿佛二十四小时都在吃火锅。随便走几步，就是热气腾腾的火锅店，不由分说坐下吃，不由分说边吃边哈着嘴嚷辣（请注意，我是一个不怕辣的人）。

火锅前无淑女。

伙计，加一碗蒜泥。

伙计，加一盘鸭肠。

伙计，加一盘黄喉。

辣椒是火锅的情人，在滚油中沸腾着，辣椒在火锅中施展出它所有的千娇百媚，如同被男人吸引了的女人，被滚油烫得情意缠绵，而那盘火锅底料，早已成为我心头至爱。

没有人能在沸腾的火锅前装腔作势——与火锅共舞，与辣决一死战的气势有了。我仿佛火锅的情人，久久不见，深深相拥、相吻。

然后荡气回肠地吃。

长江、嘉陵江汇合处，从前的码头力夫、贩夫走卒为了果腹和饱腹，支个锅子，放上红油，随便一涮。在早期，它是重庆码头和街道苦力人吃的江湖粗野之餐。火锅，从一出生就被打上江湖之印。

就像重庆这个城市，火辣辣、江湖气、热腾腾……重庆就是这盆火锅，不由分说的热情、火辣、赤烈烈，连空气都是烫的、辣的，火锅店里永远是着装随意的重庆人，大声说着重庆话，肆意地吃着那辣极了的火锅，仿佛在过着最大的"食瘾"。

北京讲究吃铜火锅。炭烧的铜锅涮羊肉，火锅里面的炭烧着，清汤火锅，一片鲜嫩的手切羊肉涮几秒捞出来，小料是麻酱，北方人爱吃这个蘸料，里面放韭菜花和酱豆腐，也放芫荽和香葱。如果爱吃辣，就放些自己炸的辣椒。

这碗炸辣椒不简单，油八成熟，放切好的干辣椒段炸至香脆，油要重，辣椒又脆又香，端上来，我每次吃半碗。去南方出差，每次去饭店要一碗炸辣椒，不是端上来一盘小米辣，就是生油炸出来的不脆的辣椒，生油味儿太难闻，辣椒又不脆，马上少了意味。南北饮食相差还是极大的。

三九天，大雪飞。支个烧炭的铜火锅涮肉吃，听着京戏，最好是余派老生，煮上壶老茶，人生甚是完美。

庚子年去了南宁。一个朋友请吃火锅，连吃几天，天天一样。清水火锅，里面放点鸡肉、葱、姜煮，新鲜的海鲜、芋头、帝王蟹……涮涮就吃，没有辣椒没有调料，面前就一碟酱油。我连吃三天后觉得人生无聊，但朋友说，这是养生火锅。

我听不了"养生"两个字，一直觉得一切都是天意，生死由天。

我预测过自己的生死：89 岁，握笔而终。没去过医院，一辈子为美食忙活着，没有一天不工作，想想真是完美收梢。

海底捞火锅调料中有一款清油火锅，把青菜扔进去就行了，滋味很正。

庚子年的冬天，我吃得最多的就是火锅，看着外面的大雪，吃着火锅，开始写这一本关于美食的书。

我把能涮的都涮了，才知道火锅是这样包容——没有什么是不能涮的，就像人生，没有什么坎儿是过不去的，没有什么人生是不能过的，花开花落、得失、无奈、绝望、鲜花、掌声、成就，都可以放在时光的锅里。

涮吧，各种滋味，自己品尝。

酱牛肉

写这篇文章时正是腊八。中国人说，"过了腊八就是年"。

酱牛肉是对"年味儿"的迎接。买十斤牛腱子肉，切大块（半斤一块就可）。

第一步是焯水。这一步是做任何肉必须有的，去血沫和腥味。焯水时放花椒、姜片、葱段、料酒，然后准备一个砂锅。砂锅酱牛肉才是绝配。高压锅快，但少了点滋味，小火慢炖慢熬才好吃——多像人生，慢煮的生活才叫生活。我从前去过长沙一个书吧，叫"熬吧"，主人说：人生就是熬吧熬吧，慢慢熬着。

把牛肉放进砂锅里。

开始加草果、肉蔻、小茴香、桂皮、香叶、丁香、干山楂、八角、花椒、老姜（必须是老姜方才入味）、大葱、干辣椒、白酒、冰糖、生抽、老抽、蚝油。

关键来了！

这是酱牛肉的灵魂，酱牛肉是否成功就在这袋酱了！

一定要加甜面酱！

你没听错，甜面酱。

这是一个神仙师傅告诉我的。

有一次我去大同讲座，去天津坐飞机，同去的还有我表妹。下午六点的飞机我们三点就到机场了，结果飞机取消了。我快急死了！讲座怎么办？第二天九点在大同大学讲座啊。

大同书协主席杜鹃老师操持了这个活动，她说："小禅，你打滴滴来！滴滴打车！"

我们打了滴滴，接了单的师傅到机场说："您打错车了吧，到大同？2000块啊！"

没错！就是到大同！

司机张师傅简直是我遇到的最有意思的司机了——他说了几个小时单口相声，天津人逗乐有趣的天性绽放了出来。

他太迷人了——八个小时，几乎一直在说吃饭和做饭，他哪里是个司机，他天生是个厨子。

我印象最深的就是他说调饺子馅儿和做酱牛肉。

素馅儿饺子加酱豆腐，酱牛肉加甜面酱。这两条灵魂秘方我到死都忘不了。

他一边说我们一边流口水，后来我说："张师傅，我们停下找个地方包饺子、做酱牛肉吧。"

我们凌晨两点到达大同。我口中一直念念有词：酱牛肉必须加甜面酱。

腊八这天，我酱了牛肉，加了甜面酱，发了微博，众多网友在求秘方和配方，我卖了个关子，说让他们在新书中找。

喏，就是这篇。记得加甜面酱。

辣椒炒肉

做饭越久越发现，越是普通家常菜越不容易做好了。比如辣椒炒肉，比如酸辣土豆丝，都是极考验手艺的家常大菜。

因为家家做，所以更见水平。

一进湖南，到处写着，辣椒炒肉、青椒炒肉。有的饭店，干脆只做这一个菜。我吃过很多家，味道都妙极了。

湖南人是真会做饭，而这道菜，又特别湖南、特别家常。

我自己炒的时候多数选五花肉、螺丝椒。五花肉切薄片，生抽、味精、鸡精、盐抓匀，有时也放些橄榄油，热锅凉油炒五花肉，炒熟出锅放碗里。青椒洗净手掰，可加点粟米笋和蘑菇干。蒜粒要多，我认为蒜在这道菜中是灵魂所在。

湖南人还会放一种仔油姜——冲干净的仔姜切片浸到生抽中，然后和青椒一起放锅里。

其实还有两个关键。

一是我会用少许油把青椒煸至软塌塌，让它有了延展性和筋性，然后开始炝锅。

炝锅我会加葱、姜、蒜、干辣椒、豆豉、小米辣、仔油姜，然后最关键的来了：大火翻炒辣椒，把炒好的肉倒进锅里，几下就出锅，出锅时加香油提香，也可再点几粒鸡精——如果旁边再有刚出锅的三碗白米饭，和刚做好的酸辣汤，那么这碗青椒炒肉马上会见底——它是真正的干饭菜。

有一次我到湖南乡下吃土菜，用灶火炒这个菜。用的辣椒是二荆条，在柴火的浓烈烹调下，这盘青椒炒肉借尸还魂一样——只听见铁铲子和铁锅啪啪碰撞，青椒和肉欢快地跳舞，相爱着、相杀着。整个灶间青椒和肉的味道弥漫。有位男士说："娘的，太迷人了。"这句"娘的太迷人了"，说明馋了。

四个人，围着一锅青椒炒肉，在山野间的竹林里，只听到风吹竹声和低下头干饭的声音。

没有一个人说话，只有干饭的声音。这是青椒炒肉的高光时刻。

菜蟒

去河南出差时，我学会了做"菜蟒"。蟒，就是蟒蛇的蟒。而菜蟒，真像一条巨型的、胖乎乎的蟒蛇，趴在锅里，可爱极了。

人民群众的智慧真是伟大，在取名字这件事上真是做到了形象生动。比如陕西有一种面叫"驴蹄子面"，因为那个面形状像驴蹄子；潮汕有一种甜品叫"鸭母捻"，生动极了。而这个菜蟒其实是一种面食——像菜卷子。在北方，如果卷上肉就叫"肉龙"。在河南，很多地方也叫菜馍、菜卷子、布袋馍、懒龙、菜条、滋卷……但我最喜欢菜蟒这个叫法，因为像一条胖蟒，实在形象生动，想一口吞下去。

先和面，热水和一半面，凉水和一半面。这样和出来的面好用，有筋性。

然后拌馅儿，大多数菜蟒会用到粉条——我真没见过比河南人更爱吃粉条和面条的，他们对条状食物有发自心底的热爱。他们真的可以顿顿吃面条——蒸面条居多，干干的，一点水都没有，像武汉的热干面，看着觉得喉咙干，然而吃起来非常好，我要单独写。

还有粉条。

我去郑州，几乎所有吃到的包子、馅饼、肉盒、菜蟒等里面全有粉条！大面积的粉条，像是在表明它在河南的位置——粉条站在 C 位上，傲视群雄。各种面食里都有粉条，配上一碗胡辣汤，将遇良才，都觉得是绝配。

细粉条煮熟，剁碎（不是想象中的碎，河南人喜欢吃稍微长些的），加生抽、老抽、高汤拌匀，再加上切碎的鸡蛋、木耳、韭菜，把它们拌在一起，重点来了——请一定多加十三香，这是典型的河南菜蟒，绝不是酌量、少许，量要足、要大、要猛、要够刺激，加盐、香油拌馅儿。

满屋子香料味道就对了。

把醒好的面揪成剂子，擀片，把菜馅铺在上面，均匀推开，然后开始卷，卷成蛇状，封口，再由两边向中间一推，一个生的菜蟒胎完成了。

然后烧热水上锅，把菜蟒放屉上，大火蒸十分钟，出锅。

掰开一看，翠绿的韭菜、诱人的粉条，加上十三香蒸出的香气，再配上一碗刚出锅的胡辣汤，河南人觉得：活神仙的日子也就这意思了。

对了，还有红薯叶子、芹菜叶子——之前，我真不知道红薯叶子和芹菜叶子还能吃。谁知道红薯叶子可以蒸红薯馍，可以做红薯卷子，还可以做汤时放上。哦，对了，还有芝麻叶子。河南的朋友告诉我：河南是人口大省，吃饭曾经长期是个问题，灾荒的年代，能活下来是本事，能吃到叶子就能活，没毒的叶子几乎都被吃掉了——红薯叶子做成菜蟒简直太香了。

辛丑年冬天的黄昏，我做了菜蟒，熬了红豆百合小米粥，在天下雪的时候，围炉吃菜蟒，听着豫剧，美得很哩。

河豚

我第一次吃河豚是在南通。很多人不熟悉南通，去之前我也不了解，但南通太好了，不仅有狼山，不仅在长江边，是长江入海处，还有鲜美极了的河豚。

我在南通住了十天，天天吃河豚，鲜美极了的河豚。河豚留给我的印象是危险的，我从小便听说谁谁吃河豚死了，中毒了。冒着生命危险吃河豚的人很多，比如苏轼。

我保证苏轼是美食家。他爱吃河豚，并为河豚写诗：

> 竹外桃花三两枝，
> 春江水暖鸭先知。
> 蒌蒿满地芦芽短，
> 正是河豚欲上时。

他说自己是冒死吃的。他还创造了"东坡肉"，我每到苏杭便吃"东坡肉"。他还写下《啜茶帖》，是个喜茶、懂茶之人。当然，为了让皇上生气，他被发配到岭南之后，写下：日啖荔枝三百颗，不辞长作岭南人。这是个气人的人，在什么环境下都能自得其乐，所以，他勇敢吃河豚。有一次，他眼睛痛，大夫嘱咐他不要吃肉，但此时河豚逆流而上产卵，肥美极了，于是他非吃不可。

据说他埋下头大吃河豚，根本不理周围的人，待抬起头来一脸满足地说：也值得一死。

他写过 50 首和食物有关的诗，写过荔枝、枣、石榴、鲜鱼、羊蝎子，还有值得一死的河豚。

所以南通朋友征求我意见：能吃河豚吗？怕吗？

我引用了苏轼老先生原话：值得一死。

我曾放过狂言：有毛的我不吃掸子，有腿的我不吃板凳，大荤不吃死人，小荤不吃苍蝇……我表妹说我天生是个美食家。

于是我吃了十天河豚。因为是长江里打捞上来就上桌的鲜河豚，我差点被"鲜"死。守着长江吃，一边吃一边看长江水，河豚肉鲜美欲滴，软、滑、嫩，我根本忘记喝酒聊天，桌上摆着茅台，我吃完了三个大河豚说："来呀来呀，喝酒呀。"河豚总比茅台重要。

我回北方后很少吃到河豚，有也不鲜。像内蒙古的羊肉运到广西一样，一方水土一方食物。

后来我又去到常州、苏州、无锡吃过河豚，觉得都不如南通的好吃。我想了想，觉得有一个原因很重要：南通在长江边。

我决定再去南通，会老友、吃河豚。

珍馐罗列会中餐

四方五味

一、辣

我是嗜辣如命的人，几天不吃辣，食不下咽，寝不能眠，人会立刻没精神。

出国时一定带"老干妈"，"老干妈"吃完了，人也快回国了。

我吃辣邪性，一顿能干一大碗炸辣椒，在我看来，辣椒不是个配料，辣椒是一道菜，我可以什么都不吃只吃辣椒。无论点什么辣菜，我都会嘱咐厨师："加重辣啊。"

于是我在各地出差，一上桌就点辣椒，满桌客人就问："湖南人？四川人？云南人？贵州人？"我是山东人，山东人不吃辣椒，或者吃得不多，但我从小就吃辣椒。我们全家人只有我一个人吃辣椒，后来我的孩子也不吃辣椒，这真奇怪。

如果酸是二八芳龄的小姑娘，甜是 30 岁性感、迷人、妖娆的少妇，咸是独守闺阁的佳人，辣就是 40 岁左右的王熙凤似的女子——泼辣、干练、精明、大开大合。

四川菜又麻又辣，是麻辣；陕菜只香不辣，油泼辣子能香死人。刚出锅的热馒头，夹上刚泼好的油泼辣子，是销魂的"尤物"，什么也不用就，就可以昏天黑地，让人没头没脑地喜欢。我将来有了钱一定要雇个陕西厨子，为了陕菜和锅盔；湘菜是香辣，我爱湘菜的丰富，里面有小米辣、干辣椒、泡椒、二荆条，一份湘菜，半盘子辣椒。有时我把剩下的辣椒打包回去，再加上生菜、野菜重新炒，回锅油的味道是很迷人的，有种不清不楚的意味。贵州的辣椒又辣又香，他们故意把辣椒炒煳了，放点盐，就那么干吃。我家里常备贵州辣椒，从地摊上买来的炸辣椒，又脆又香，像一个阴谋，长期在我饭桌上，神不知鬼不觉地成了主角。

我有时候觉得真幸福，可以吃辣椒不闹肚子。我唯一不羡慕宋人的是，宋朝没有辣椒，辣椒是明代才传入中国的。总有人问我如果穿越会想回到哪个朝代，我总是答宋朝，但有一个条件，给我装上几罐子辣椒。

云南菜也辣，又辣又咸，但乖乖的，像遇见一个奇怪的人，想打招呼，又不知道如何开口。

我记得第一次去重庆吃水煮鱼，咦了一下：天，怎么有这么好吃的东西？热油滚烫着，鱼片鲜嫩，真像川剧的武场，急急的锣鼓点开始了，变脸的上来了，一阵金戈铁马之后，上来了"打饼"的小姑娘，妩媚地扭动着腰肢，然后配上一瓶扁二吃川菜，是一场火辣辣的恋爱了。是棋逢对手，是将遇良才。

江西菜和徽菜都辣，且重油。很多人以为我是江南人，但我的胃很江湖，重油重辣，又爱喝浓茶，我简直有个铁人的胃。

但我有几次被辣蒙了，一次是在云南，跟着 CCTV-10 去拍纪录片《探秘蝴蝶谷》，云南农妇把辣椒吊在锅上，我问为什么不放在锅里炒，她说："这就能保证辣死人。"我以为她吹牛皮，蒸几下就管辣吗，结果辣得鼻涕眼泪直流，直接服了。

第二次是在凯里，这个贵州的县城因为一个叫毕赣的导演而声名鹊起。我坐在凯里的火锅店吃火锅，那个火锅辣度难以形容，我这么爱吃辣的人，但那天，我是秀才，辣椒是兵。

我在海南吃过能辣死人的黄辣椒，叫了一碗牛肉粉，我以为自己极能吃辣，不顾旁人提醒，放了五勺黄辣椒，结果一边流泪，一边哈哈哈，一边吃，一边说："妈呀妈呀，真辣真辣。"

不信你可以一试，效果同上。读者们也知道我爱吃辣椒，有一年我收到一麻袋辣椒，就挂在阳台上几根几根地摘着吃，没有一年也吃完了。

最让我难忘的是一个下雪的黄昏，我打开冰箱，里面只有一块豆腐了。

我蒸了一小锅米饭，然后做了唯一的菜——麻婆豆腐。

郫县豆瓣化腐朽为神奇了，油又放得重，豆腐软软地躺在油中，软中带硬地骄傲着，软软的、柔柔的，油泡了它，辣椒裹着它，而我泡了一壶老茶就着窗外的雪，把麻婆豆腐放在白白的、香香的、热热的米饭上。外面灯亮了起来，万家灯火，雪越下越大，我把碗捧起来，筷子夹住米饭和豆腐，一口吃下去。

天哪！

二、苦

除了辣，我最喜欢的是苦味，苦味迷人啊，像求而不得的恋人。我觉得喜欢吃苦味的人都特别，一般人喜甜，甜腻。我几乎不怎么吃甜食，这点简直不像个女人。十七八岁的时候，和同宿舍的女孩子们去吃冰激凌、巧克力、蛋挞……我几乎不吃，就坐在街边看她们吃。我们中午聚餐，点了一盘辣椒炒苦瓜，又辣又苦，除了我，没有一个女孩子吃。我觉得这个菜太独特了，一边吃，一边赞叹，我在口味上不流俗。

周作人的书斋叫"苦雨斋"，后来又叫"苦茶庵"，但他不喜欢吃苦，最喜欢甜食，这点倒像他的性格，"苦味"是文人的精神追求，味蕾上，他要求的是云片糕、麻糖、蜜仁……

苦瓜做汤也好吃，清清爽爽地放上几片，再放几片肉，肉吞了些苦味，肉中又脱了腻，是绝配。苦瓜汤喝起来实在像春天。

怀素写过《苦笋帖》："苦笋及茗异常佳，乃可迳来，怀素白。"怀素太可爱了，我喜欢他这样直抒胸臆："苦笋和茶都太好了，快给我送来吧。"这么简单快意的人生，他炒苦笋时加肉吗？加肉味道才更好。

我用苦笋炒肉，新鲜的苦笋配着老腊肉，油锅里放着刺刺的油，放了葱、姜、小米辣、桂皮、香叶，腊肉冒出了油，油裹住了苦笋，苦笋有了肉香，腊肉借尸还魂，更加生动了。

我能吃三碗白米饭。

但有一天我什么菜也没做，也吃了一碗刚出锅的热米饭。小的时候我总觉得必须有辣菜才下饭，中年后我才发现，没有菜吃一碗香喷喷的米饭也那么好，像干干净净的一个人。真正懂美食的人会发现，平淡最美，上好的白米饭干吃最香，配什么都觉得浪费。绝色的女人和绝色的男人，嫁给谁、娶了谁都是浪费，他只属于他自己。

现在流行一个词叫"干饭人"，为什么不叫"干菜人"，饭还是比菜重要。

写到这儿写馋了，当即去下单了苦瓜、苦笋，今晚我要做苦笋炒腊肉，辣椒炒苦瓜，一碗胡辣汤，再烙几张葱油饼，关键是，你来吗？

三、臭

除了辣和苦，我最喜欢的味道是臭。我妈常说不能以正常人的标准来衡量我，也是。

比如臭豆腐、螺蛳粉（一定要加臭加辣的）、臭鳜鱼、臭苋菜秆儿……

　　我小时候住的地方有个老头儿卖臭豆腐："臭豆腐，臭豆腐。"他总加上一句："臭豆腐真香……"他吆喝起来又有韵律，特别是在冬天的黄昏，总像一种温暖的召唤。那时母亲刚蒸了窝头，用羊油炖了白菜，我便想吃臭豆腐，于是小跑着去买，简直像走在狂欢的路上。

　　我喜欢在臭豆腐上滴上几滴香油，把它们夹在刚出锅的窝头上，简直是人间至味。如果窝头凉了，就放在炉子上烤一下，又黄又焦，脆脆的，再抹上臭豆腐，给个神仙也不换。

　　那时臭豆腐才五分钱一块。

　　我每次生病时，父亲就会说："莲，你想吃臭豆腐吗？"

　　这真是童年最好的回忆。

　　有天晚上我烙了家常饼，用一半热水一半冷水和面，用的是石磨面粉，手上有股麦子的清香。

　　油酥用的是猪油，白白的猪油让饼温润香糯，饼皮又脆又酥，一口咬下去，简直想流泪。这饼光吃就满嘴小麦清香，像回到小时候6月的麦场。食物的最高境界大概就是回到它的本味，一碗热热的、香喷喷的白米饭，一张刚出锅的家常饼，都足以让人销魂。

　　但我总觉得少了点儿什么，哦，是臭豆腐。我找出王致和臭豆腐，加了几滴香油，夹在刚出锅的家常饼里，一口咬下去，妈呀，要命了。

　　我极喜欢吃臭鳜鱼，在去徽州时迷上了这道菜，徽州山水和臭鳜鱼相映成趣。有一次和王艺老师一行人去桃花潭，那是在出宣纸的宣城，几个人天天吃臭鳜鱼。王艺老师总是强调："服务员，上两条，两条！小禅老师爱吃。"我爱吃臭鳜鱼有名了。

　　我自己也烧臭鳜鱼，但总不如徽州的好吃，我便相信了菌群的说法。有人说把兰州拉面的所有佐料全拉到北京，包括兰州的水和面，做出来也不是那个味儿。这是对的，一方水土养一方人，臭鳜鱼在徽州最好吃。

南京的臭干子也好吃，长沙火宫殿的臭豆腐也尝过，去了后人头攒动，没有想象中好吃。南方人有"臭坛子"，打开后臭气熏天，放进去的苋秆子，过些日子便臭了，虽然苋秆子还是硬的，但芯儿已经软了，这是它最有魅力的时刻。

我去过桐庐一个叫潜庐的民宿，主人程先生带我去桐庐乡下吃特色菜，有一道菜叫"双臭"，这名字真好，动听且芬芳。

双臭就是臭豆腐和臭苋秆子，加重油和辣椒炸。一口下去，又臭，又香，又辣，还有说不出的复杂口味包裹着口腔，我一边吃一边咽口水。

我连续吃了几天"双臭"，简直欲罢不能了，简直不能原谅自己居然这么馋，而且，这把年纪了。多大年纪了？年过半百。但我看到蔡澜先生一生奔走在美食之路上，又想起明代的袁枚同学，也是孜孜不倦地吃，我又原谅了自己。

我回到北方后再也没有吃到，一是没有那种软软的臭豆腐，二是没有臭苋秆子。表妹问我到底怎么个好吃法？为什么三天两头提起"双臭"？为什么念念不忘？

我这样回答："就是好吃到根本不想说话。"她说不足以表达好吃，我又说："好吃到打耳光也不放过，地震来了也不怕，还坐在那儿吃，行了吗？"

她就呵呵地笑，说："行吧。"

吃这么重要，中国人见面就问：吃了吗？不问睡了吗、渴了吗，一定要问：吃了吗？

但洛阳不一样，洛阳人见面问：喝汤没有？洛阳是古都，洛阳水席好，洛阳人爱喝汤，喝汤是大事。

吃也是哲学，怎么吃、和谁吃，都是哲学。换了地方、换了人吃都不是那个味儿。

臭就是香，也是哲学，那么臭的东西，放在嘴里一回味，满口余香。我去欧洲时，吃过臭起司，夹在硬面包里，再夹一片牛肉，一口咬了，嚼劲十足，再来杯冷水，倒也难忘。

我还吃过一种臭蚕豆，又硬又臭，硌牙，一嘴臭，但有若即若离之美。也说不清为什么会喜欢，无事的时候就咬上几颗。年轻时候遇上个风花雪月的事情，一边吃一边落泪，那蚕豆的声响就格外喜剧，但也没影响惆怅。

近年来又吃，突然咬不动了。努力咬，牙费劲。知道有些老了，看见窗外，也是一片秋色，倒像我的中年，当下笑了，但一脸惆怅。

这次的惆怅是真惆怅。

硬一些、刺激一些的东西，一定要趁年轻吃啊。

因为老了，真的来不及了。

四、酸

我也爱吃酸，酸菜、酸汤、醋……最爱吃酸汤鱼，在贵州时每天吃，满满一大盆酸汤鱼，五斤的草鱼，放上配菜，漂着一层酸油汁，鱼鲜嫩得要跳起来似的，每次吃到扶着墙走。那酸味一直在口腔和胃里回荡，妙不可言，像爱而不得的人。我真喜欢那种爱而不得，酸酸的，一个人知道的酸，简直好极了。

山西人爱吃酸，每次去山西，每个饭店的饭桌上都有醋，每人一碟子醋，但山西人用碗喝醋，他们几乎是吃什么都放醋。有一次宏芳来家

四方五味

里，我做了一锅东北乱炖，她非要一碗醋，硬生生倒进去，然后一边吃一边流汗，简直看着都酸爽。

对，酸总是和爽联系在一起。

酸有一种绵里藏针的气息，悄悄侵略着。"我吃醋了"是爱情中最好看的样子，一个人不爱另一个怎么会吃醋呢？魏徵要娶小老婆，他夫人闹到李世民那里寻死觅活，李世民说："不让娶小老婆，那就赐死。"于是拿来一碗毒酒吓唬她。结果魏夫人丝毫不怕，一饮而尽。还好送来的不是毒酒，是醋，从此夫妻间就有了吃醋的故事。

最近又迷上了螺蛳粉，又臭又辣又酸，特别是那种迷人的、说不清的酸臭，像明知一个人有缺点还这样爱她，她脾气坏，她爱骂骂咧咧，她爱抽烟，她总是丢人、落后，可她是这个男人的至爱，这就是螺蛳粉。

东北人一个冬天几乎都在吃酸菜，酸菜猪肉饺子、酸菜汆猪肉……他们的酸菜是论缸的，家里没有几缸酸菜，简直是过不好日子的。

陕西安康也有民谣："三天不吃酸，走路打蹿蹿。"他们吃酸汤面，把芹菜腌酸了吃。那个"浆水面"酸味十足，炸一碗辣椒，泼一碗辣子，可以三碗起。

俗语说："南糖北醋。"南糖我再细说，北醋里山西醋是巅峰，宁化府醋最好，我家里就常备宁化府醋。南方福建永春醋好吃，微甜。镇江香醋吃饺子时蘸一下，是灵魂。

穷也和酸连在一起，"穷酸"，文人总被形容成穷酸。我越到中年越俗气，一不穷、二不酸。我愿意活成袁枚，到 80 多岁临终时手里还有大把的钱，嘱咐儿子给亲友送丧信要用红纸写小字，就这么愉快地定了。

我自己爱吃腌白萝卜和腌胡萝卜，将它们放在腌菜坛子里，坛子是透明的，就摆放在窗台上，一抬眼，总能看到窗外的四季，春天的花、夏天的绿叶、秋天的枫叶、冬天的雪。我便随时夹出腌萝卜，切成细丝，再熬一锅粥，无论春夏秋冬，都是上品。

那萝卜丝，咬起来又脆又酸，是家常日子的好味道。

前几天山西的朋友又送了十斤宁化府醋来，我立刻包了一顿羊肉饺子吃。有一年我和一个朋友开玩笑说："如果有一天我们离散了，我就吃羊肉饺子。"

我没有想到真的离散了。我一边吃羊肉饺子一边难过，蘸着山西醋，心里就更酸了。

五、咸

咸是食物的灵魂，一道菜其他调料可有可无，但倘若不放盐，基本没法吃了。

民间说吃了盐长力气，做苦力的人口味重，不吃盐干不了力气活，建筑工地旁边有卖给农民工的包子，真是能咸死人。问他们，他们说："不咸，不咸，一会儿出汗、出力气全靠这盐哩。"

周作人说他的家乡喜吃咸，咸菜、咸鱼，咸得骇人。我到绍兴吃过那种咸鱼，像吃盐，除了咸几乎没有别的味道。

记得小时候外婆和祖母做咸菜和豆豉，咸菜是雪里蕻，一层层往菜里搓盐，简直咸到只要吃上一点点就要喝很多水，但加了油和辣椒炒真好吃。

做豆豉要把豆子发酵，等它长了一层灰毛毛，然后加大量的花椒和花生，我母亲每年都做，放重盐，我印象中就是盐和花椒的味道，小的时候厌烦极了，不爱吃，人到中年反而爱吃了。问母亲为什么做那么咸，她说："还不是想吃一个冬天？"她后来做了一次不咸的，反倒没有那个味道了。

腌咸菜用粗盐好，最好是海边的大粒盐，我用大粒盐腌过萝卜，吃起来有朴素的香。

古代的盐商，富甲一方，特别是徽商。我去扬州看的那些园林，大多是盐商留下来的。

中国饮食南甜北咸东辣西酸，倒也不尽然。前段时间我去丽江，被咸到嗓子肿起来。我去吃酸汤牛肉和酸汤鱼，一直嘱咐少放盐、少放盐，还是被咸得咳嗽起来，回到北方后谈盐色变，好多天不敢放盐，但又觉得嘴里寡寡的。

我越来越爱做小咸菜了：腌黄瓜、腌豆角、腌萝卜……盐让它们转化、生动。

因为想又好吃，又不咸，我每次放的盐并不多，我这才明白朋友的话："咸菜不咸得有钱有闲，咸菜假如不咸，那还叫咸菜吗？你想想，十斤黄瓜才腌一二斤咸黄瓜，又配以姜、蒜、花椒、小米辣、白酒、老抽……不咸，也就不是咸菜了。"

有一次我放盐太少了，没有几天咸菜就臭了。

我一下子知道盐的厉害了。咸，能保证食材不腐不烂，咸才是定海神针。

六、甜

我不喜欢吃甜。

一点儿也不像个女的，有人这样说过我。

后来我又看了一句话，说中国文人和中国文章的特色就是秋冬和苦涩的，便多了欣慰。甜腻的东西总是缺乏些高级感，悲情的艺术得以永恒。

南人比北人喜甜，去马来西亚、日本、泰国……甜点店永远排队。

广东人、浙江人都爱甜食，福建的花生汤也甜。

周作人喜欢甜食，茯苓饼、云片糕、桃片……我都不喜欢吃。

中国文化有茶气和药气，也有秋冬之味，甜味甚少。我几乎天生不爱吃甜，但我会炒"糖色"，每次炖肉都炒糖色，把糖浆裹在肉上，再放上红烧酱油、生抽、老抽、料酒、红辣椒、葱、姜，烧出来的肉是人间至味。炖肉不炒糖色是不行的，那浓烟冒出来时我有无比的快乐。

苏州菜、无锡菜真甜，到苏州吃鳝鱼丝，甜得要命，当地的名菜，我只吃几小口。

杭州有桂花糕、桂花羹，我也是尝尝，不过是想赶上桂花里的秋天。

甜腻的事物总让我感觉危险、轻浮，但我羡慕叽叽喳喳的年轻女孩子，坐在甜品店里吃甜品，圣代、奶茶、冰激凌、巧克力等都和浪漫温情有关，我只有羡慕的份儿，我好像年轻时就老了，一直喝茶、听戏，从 20 多岁到现在，没有热爱过甜品，没有过夜店狂欢，但已经 50 岁了，还是稍有遗憾。

我父亲喜欢沙琪玛和江米条，还有老式的"糟子糕"，后来他得了糖尿病，馋得慌。我给他买了无糖食品，他说："不是那个甜味，不对，还是馋得慌。"他想念甜，甜却离他很远了。

我表妹喜欢甜品，一直吃甜品。我们出差，她在机场买十五块钱的冰激凌，她在冬天喝奶茶、吃冰糕、吃巧克力圣代，一次次企图让我同吃，我不吃。

庚子年我一直在喝岩茶，正岩茶，名字也好：不知春。

　　我努力回想自己吃甜食的记忆：小时候父亲去上海出差带回的大白兔奶糖，后来爱吃榴莲，想想乏善可陈。我不勉强自己，过生日时总有生日蛋糕，我只负责吹蜡烛。

　　在这一点上，我绝不是个"甜腻"的女人。

　　嗯，不是。

川菜

川菜真是迷人的半老徐娘。

绝不是少女，杭帮菜才是少女，龙井虾仁不是少女是什么？

川菜必须是 40 岁左右的女人了，说老不太老，说嫩也不嫩，但那个风情啊，在眼角眉梢间，在叉着腰的刹那，在每一道川菜里——麻辣鲜香啊。

八大菜系里，川菜在我心里排第一，我之爱川菜，是爱我自己隐藏的那些气息。在本质上，我一定靠近民间、江湖、烈艳、麻辣、鲜香……

我有个朋友给我起绰号：十三姨。川菜符合我"迷人"的个人气质，我喜欢川菜那种嚣张气焰，摆明了的嚣张。麻椒像厉害的女子，就负责那些不老实的菜，一把下去，个个酥倒，被麻翻，被收拾得舒舒服服，一边吃一边吐着舌头，我没见过别的菜系这样爱麻椒。

哦，还有花椒。川菜中的花椒是娇媚的小姑娘，撒着娇就收拾了你，在你的胃里像一个蓄谋已久的阴谋。川菜是一个圈套，上了当还嚷好，神不知鬼不觉让你倒下了，你被麻翻了，辣翻了，但嚷着：再来，再来。

宁死不屈的神情太可爱了。

我从小就迷恋川菜。北方人的家里酸菜、土豆、白菜多。我六七岁的时候，父亲炒过一道鱼香肉丝，他在当地化肥厂上班，厂子里有一个四川人，教会他炒这个菜。哦，那个鱼香太迷人了，我觉得吃到了世界上最好吃的菜：鱼香肉丝。我一直问：鱼呢？鱼呢？父亲反复强调：是鱼香，鱼香。鱼香肉丝是我吃到的第一道川菜——当时简单到只有肉丝、胡萝卜丝、青椒丝，用辣椒炝了锅，我就以为好吃到爆了。后来我吃到了真正的鱼香肉丝，瞠目结舌，至少十几种调料：里脊肉、泡辣椒、蒜、糖、黑木耳、莴笋丝、竹笋丝、蚝油、鸡精、生抽、老抽、水淀粉……重要的是郫县豆瓣！太重要了！

　　一万个厨师有一万种鱼香肉丝的味道。但随意走进一个成都小馆子，味道不会差到哪里去。鱼香肉丝成了一种饮食生活，我们都在不经意之中，把它当成了灵魂日常。

　　川菜中的鱼香味从何而来？是来自那一坛坛泡辣椒——四川人全靠那一坛辣椒撑着气，坛水也许是奶奶的奶奶留下来的，菌群迷人。岁月如坛，人生如水，我们是辣椒，得泡着。四川人管这泡辣椒叫"鱼辣子"，鱼味弥漫，让所有新鲜菜在它的陪伴下"老而弥坚"，复杂的味道说不清、道不明。

　　对爱吃辣椒和川菜的我来说，成都简直是天堂。

　　二荆条、朝天椒、米椒……二荆条名字真好，香辣，香比辣多。小米椒辣比香猛，朝天椒又香又辣，但没了二荆条和小米椒显得孤独，真正会做饭的人，家里一定有几种辣椒，酱油也得五六种。

　　真正的重庆火锅，一定要用最厚重的牛油和辣椒相配，而我的阳台上，挂着一串串辣椒，揪几个扔到锅里的时候，愉快啊，不，简直是迷人又性感。

　　川菜在烹调上风情万种：煎、炒、炸、熏、卤、泡、炖、焖、烩、爆……主要放胡椒、麻椒、花椒、辣椒、辣豆瓣酱……坐在嘉陵江边吃川菜，仿佛有川江号子和川剧在唱着。川菜中有一个变脸的男子，百变着味道，又有一个唱川剧的俏花旦，是麻椒一样的俏。而川菜的风韵，是肺腑之间的麻辣缠绵，是戏曲中的武场，锣鼓喧天地上场，在你的口腔和胃里唱念做打。如果再加上一口泸州大曲或者干脆来瓶茅台，太美了。

秋天的时候，总是爱做一些剁椒酱，装进玻璃坛子中，放花椒、盐、鸡精，然后倒进一斤菜籽油（菜籽油有难以形容的怪异和好吃），加白酒密封。一个礼拜之后，剁椒酱散发出它诱人、迷人的妖精劲头，每顿饭都会说：来，吃我，吃我！

这一碟辣椒酱是一生的情人，永远在饭桌上。

而我今晚，要做水煮肉片来应雪景：猪后腿肉切薄片，加盐、料酒、水淀粉。大火烧油，将辣椒、花椒、麻椒炒香，放莴笋、芹菜、蒜苗，然后捞出备用。再重新起锅热油，加郫县豆瓣酱、老汤、老抽、生抽，放肉片，把刚才的菜倒入，撒上芝麻、香菜，出锅。

干饭人，你准备吃几碗饭？

有一天在北京吃饭，看见有一个饭店写了四个字：川菜天下。

我把它翻过来念之：天下川菜。

这句评价，我发自肺腑。

湘菜

湘菜真要命。要谁的命，我不清楚，要我的命轻轻松松。

我最爱吃的两大菜系：川菜，湘菜，大多时候不分伯仲。硬要让我分出来，湘菜是伯，川菜是仲。

因为嗜辣如命，所以无论心情有多低落，假如面前有一桌子川菜或湘菜，立刻被治愈。然后一定再上几瓶冰啤，性子急得用牙咬开盖，趁着菜品又滚又烫吃起来，看着身边不吃辣的人喘着粗气：哈哈哈……哈哈哈……喘着粗气也解决不了问题，她站起来跺着脚说："活不成了，活不成了。"一嘴麻，一嘴辣，脸色赤红。

而能吃辣椒的我，怡然自得。叫厨房师傅："还可以再加麻加辣。"

川菜的重点在一个"麻"字，又麻又辣的川菜是一种袭击，是花椒和辣椒相亲相爱对你袭击。但这种袭击是互相的，一个愿打，一个愿挨。我们对辣椒和麻椒、花椒致敬，我们犯规了，我们迎辣而上，连连叹息。

但湘菜不麻，是香辣，是更诱人的火辣女子：明媚靓丽，皓艳红唇，不仅身材火辣，灵魂更火辣。

湘菜中的小米辣、剁椒要命，特别是剁椒。我楼下的邻居阿芬是湖南人，每年要做剁椒，送我，说："好吃得紧，不要给别人吃。"

湘菜中的剁椒鱼头看上去红彤彤的，全是剁椒，我看视频和图片时频频咽口水，恨不能扑到视频里。我每次吃剁椒鱼头要配两碗白米饭，最后还要将手擀面条泡在鱼汤里，才算尽兴。

湘菜里有勾人摄魄的辣香，仿佛被人下了蛊一样。湖南是有巫气的地方，特别是湘西。湘西的湘菜更好吃，特别是湘西土菜：用灶台的铁锅炒，劈柴烧火，锅气十足：比如萝卜干腊肉、肉末酸豆角、笋干炒腊肉……湘西土菜，胜在够"土"，胜在那块"腊肉"。

有一年我去湘西，和学生吧啦、骄阳在一个土馆子吃饭。他家的厨房太迷人了，大概一百年没有动过，屋顶黑得不能再黑了，是烟熏火燎几十年的杰作。屋顶上挂着一排排腊肉，地上有木头点着了，熏这些腊肉。大铁锅里炒着菜，灶膛里的火啪啪响着。天上的星光灿烂，我们搬了凳子坐在门前，看溪水流过，哗哗响着，再看满天星光，还有一桌子湘西土菜：社饭、苗家酸鱼、湘西蒜苗炒腊肉、湘西糍粑、湘西外婆菜……想起是这个有了"包浆"的厨房里刚端出来的，又想想是沈从文先生的故乡，眼窝都是热的。

那炒菜的女子给我们唱民歌："白天我想你拿不动针，夜晚我想你吹不灭灯，白天我想你墙头上爬，到夜晚我想你没办法……"

我终于哭了起来。

为眼前这一切。

湘西人闫军老师说："别哭了，雪老师，留下来当压寨夫人吧。"

一句话惊醒了我。

是呢，湘菜好吃是因为匪里匪气！

绝不优雅，一把红辣椒下去，又一把黄辣椒下去，一把绿辣椒下去，又一把剁椒下去，一把香葱下去，一把嫩姜下去……辣椒们在锅里开会，热烈地相爱，迎接主菜们的到来。总之，辣椒在任何一道菜中都占半壁江山，看上去五颜六色。没有哪个菜系比湘菜看上去更像生活本身，活生生的，活色生香的，勾引人的，令人欲罢不能的，是湘菜。

那肥红阔绿，那热烈的辣和明晃晃的不甘心，也是湘菜。

我看透了湘菜，看穿了湘菜，就是明艳的女人来勾引我们的味蕾，我们成为它的奴隶，心甘情愿吃香的喝辣的。

有一年我们比赛吃辣椒，比谁能吃辣，我们一行五人，组成吃辣小分队，先成都，再重庆，最后长沙，此次行程半个月。

成都的兔头和肥肠令人欲罢不能。成都的火锅给我们留了客气，并不似重庆那样辣昏人，但我被麻到了，像被一个英俊帅气的男人麻到了！全中国最好的麻椒一定在成都，火烧火燎之外是嗖嗖的麻，被电击一样——是热吻过吗？麻过之后是千回百转的想念。我后来迷恋上花椒油和麻椒油，拌凉菜时放上一些，那凉菜忽然明亮起来，脱胎换骨地香起来，是女子鬓边戴了花，猛然间有了妖娆，也真是让人荡漾啊。

夜宵便是兔头，我总能吃四五个，体重两百斤的王先生首先退出了赛事，他说认输，看不了我们那么享受辣椒和兔头。

他在我们城市号称吃辣无敌，号称不管用，最先败下阵的就是他。女人一般是化骨绵掌，此时还剩四人，二女二男。王先生买机票飞回北京，这才第三天。

我们又到重庆。

重庆火锅简直是味蕾上打了一场硬仗，是惊天动地的决战一样。

牛毛肚、猪黄喉、鸭肠……一锅红油漂荡着重庆人的温度，据说北方人到重庆三天基本要闹肠胃炎，即便当时不闹，回到北方也要闹。

五天之后小团伙中的一男一女倒下了，他们连连摆手：不要再吃重庆火锅，搞点清淡的吧。

最后只剩下我和白大哥。白大哥当兵多年，转战南北，随身总携带大蒜和辣椒，无论到了什么馆子，都把这两样蔬菜拿出来，特别是在没滋没味的饭店，整个场子就听见他在吃大蒜和辣椒，场面一度很生猛。白大哥年轻时靠着这些操作吸引了一个湖南妹子，两个人生儿育女，天天忙着吃辣椒，不亦快哉。

我和白大哥喜欢切磋菜谱，两个人抢着说话表达，十次去他家，九次他围着围裙做饭，厨房里永远灯火通明，灶台上小火煲着汤，他媳妇坐在灯下剥蒜，眼前是实景拍摄一般，令人热泪盈眶。

我和白大哥最后一站是长沙。

夜幕下，我们坐在长沙网友推荐的湘菜小馆子里，一杯二锅头，几个湘菜，开始谈人生。

人一喝酒就爱谈人生，人生长人生短，但长长短短的人生，还不是一样要吃吃喝喝酸酸甜甜苦苦辣辣？

我们迷恋辣，大概是迷恋那销魂又刺激的一刻——抵死缠绵之后，是万古流芳。

我们找了一家最辣的湘菜馆，嘱咐老板加重辣，老板说我们家正常辣别人都受不了。

我说我不是别人。

我牛吹大了。

当夜我狂吐，辣椒中毒。不吃辣椒的人不理解辣椒中毒——浑身发烫，连呼吸都是烫的，我难受得快死了。这次，经过十五天决战，我输了。

干干瘦瘦的老军人白大哥胜了，他依旧带着他的大蒜、辣椒和老婆开着房车自驾全国，听闻哪里辣椒好便开车去吃。

至今没有败过。

四方五味

我记得我们在湘江边吃湘菜，他说："人就这一辈子，想干什么尽快去干，晚了就来不及了。"

　　那时我就想起一件事：余生，吃四方五味，爱八方烟火。

　　然后把家里的坛子装满辣椒——特别是那种馋死人的剁椒，黄的、红的，各来几瓶。

　　这样的人生，叫完美。

甬帮菜

我实在喜欢宁波菜，不拿出来单独写一篇总觉得哪里不对，特别是宁波的小海鲜，每次写起来都流口水，恨不得买张机票立刻到宁波。以我半生吃海鲜的经验，宁波是海鲜之最。人家是过目不忘，我是过嘴不忘。

以至于后来去宁波的欲望多数是想去吃甬帮菜，去吃心心念念的宁波小海鲜。

回北方后，我有时候会突然冒出一句："表妹，我想吃宁波小海鲜。"表妹说："我也想吃。"

宁波菜又叫甬帮菜，以咸、鲜、臭闻名。有一次我吃宁波腌小咸鱼，差点咸晕过去。鲜不用提，毫不夸张地说，甬菜的鲜入了骨髓，粤菜也鲜，鲜得很润很野，但宁波的鲜是雅致的，是鲜到眉毛想写篇《兰亭序》的鲜，这个鲜让我垂涎太久，吃过宁波小海鲜的都知道。有一次吃到春天的一盘鲜虾，脆生生不算，一口下去那个甜美啊，对，是鲜生生的甜，是春天那个荡漾的甜。

还有臭，很多人不习惯这个臭，我是专门迷恋这个臭。臭有说不出的诱惑，因为臭带来的愉悦是微妙的，你明知道这个坏你还爱他，他因为坏而更迷人，就像食物因为臭有了特殊的菌群。宁波菜里臭的菜都是用苋菜梗变质以后做成的臭卤泡出来的，那个臭卤非常迷人。

有个叫"双臭"的菜至今盘旋在我的舌尖上——臭苋菜秆和臭豆腐，加辣椒爆炒，热、烫、臭、鲜、香。我每次都要两盘，边吃边觉得又烫嘴又香，可就是放不下筷子。回北方后再也没有吃到，南方朋友让小饭店炒了，寄给我，到家热了也不是那个味道，没有锅气了，不好吃。

宁波三臭是宁波人传统名吃：臭冬瓜、臭苋菜秆、臭菜心，很多人被臭哭，我觉得正好，吃一口臭的，再来口宁波汤圆，臭与甜交融在一起，妙极了呀。

罗老师是我在宁波的好朋友，又是好玩有趣的中年男子。经商，会做菜，每天五包中华，嗜茶酒，仗义，这是罗老师几个醒目的标签。

我见过的最会烧菜的男人是罗老师。

每次去宁波的动力有一部分是罗老师烧的菜，特别是小海鲜。

十几年前去宁波图书馆"天一讲堂"讲座后，罗老师便带着我去吃各种宁波小海鲜，连吃十天。同一个私厨，罗老师的好朋友笨笨姑娘，一点也不笨笨，又聪明又可爱的温州女子，每天只做一桌菜。

每天从舟山捞上来的小海鲜，被及时端上餐桌。真心的，没吃过那么鲜的带鱼，还带着海水的腥和鲜，稍微一蒸，淋点蒸鱼豉油，或者，就那样吃，因为是新鲜的带鱼，保证能鲜到眉毛。我总是吃一盘子，然后再上一盘子。

还有那个小黄鱼，哦，你随便打听宁波小海鲜的小黄鱼，要人命——鲜到令人叹息。顶级的食材，鲜永远是霸主地位。

因为是东海小海鲜，因为东海上升洋流不一样，因为海水的混浊，所以，宁波的海鲜更鲜。因为个头小，又叫宁波小海鲜。

活皮虾，直接煮了，比椒盐的更好吃，保持住了活皮虾的鲜味。皮是脆皮的，肉是鲜的。

钱湖三宝：鲜蛏子，螺蛳，河虾。

…………

特别是春天的海鲜，就着春天的时令菜。

荠菜春卷，里面卷的是香干和春天的荠菜。

还有清明鹅，宁波人告诉我，清明的鹅肉肉质筋弹又嫩，一口下去，像吸了口肉质鲜美的春天。

还有春芽菜塌蛋，春菜鲜美，蛋是紫鸡蛋，一口口全是春天。

还有春天的"笋烤肉"，"烤"字是宁波专用，并不是人们传统意义上理解的"烤"字，其实是用酱油焖熟，叫"烤"。春天是江南吃笋的季节，"烤"字是宁波专用，妙极。

必吃的还有宁波老三鲜。简直了，里面有面结、肉圆、熏鱼、蛋饺、火腿肉、鹌鹑蛋、白菜、青菜、粉丝、鲜虾，用高汤煨的，一小口一小口吃更妙更香，舍不得吃完。

还有那款没齿难忘的醋熘带鱼。鲜带鱼醋熘，醋带出了它的鲜妙，而且和白菜、西红柿、蚕豆炖在一起，那种奇妙之感，无以言说。我第一次吃带鱼和西红柿炖在一起，欲说还休。

甬帮菜的定海神针是宁波汤圆，特别是桂花黑芝麻汤圆，用来表达这顿宁波饭菜最后的满足，勇敢而完美地加分再加分。

甬帮菜胜了。

去上海是每年的保留节目，除了去街边咖啡馆和闲逛各种美术馆，也去"甬府"吃甬帮菜。

餐前小零食是爆年糕，外面有层海苔，宁波的海苔很宁波；小草鱼甜味咸味都有了，还有点芥末辛辣，极妙的味道；花雕小龙虾重在花雕酒。还有奉化芋艿羹，想起奉化就想起老蒋，我与表妹大热天去溪口看他的故居，前面是山水，门前一条河。表妹说，风水俱佳。

宁波人做的芋头有肉香，神来之笔是配猪油，醇厚绵密，稳稳当当，能托住芋艿的丰润鲜香。

小黄鱼必须单独拎出来讲。蒸小黄鱼鲜嫩美味，家烧小黄鱼肉质如少女的光滑肌肤，下面的高汤浓稠得可以直接喝了。我在笨笨的厨房吃了十天小黄鱼，依旧馋。

我回家就想吃那个蒸小黄鱼，就来回念叨，于是又到宁波。这次还是我和表妹，还是罗老师带我们四处吃，但我最难忘的是一家街边小馆子，叫"又一村"。那天罗老师照样是点菜高手。

菜单如下：懒蟹十八斩（生蟹调上料汁，非常鲜美，但恐怕有人吃不习惯）、雪菜四季豆、宁波老三鲜、大蒜叶子炒鱼肚、蒸鲜带鱼、小黄鱼、蒸梅头鱼（很小很小的，长得像黄鱼）、蒸咸鱼片、椒盐虾菇（虾菇是宁波叫法，就是皮皮虾，北方也叫虾爬子）、香干炒马兰头（有奇异香味，清火消炎）。灵魂来了：菜泡饭。现在想起来，恨不得将下午茶改成菜泡饭。猪油炒了青菜，炝锅加水煮汤后泡米饭。猪油是重点，没有猪油可不中啊。

那天上了一盘子蒸小黄鱼，我很快扫荡干净了，肉质之滑嫩，味道之鲜美，一丝没忘。罗老师说："再上一盘，小禅爱吃。"又一大盘子现蒸小黄鱼，又吃了。据说当年杜月笙请人吃饭爱用宁波厨子，小黄鱼是必点的。

宁波真是好地方：书藏古今，港通天下。"天一阁"是中国文人的朝圣之地，我来过五六次，其中有一次是带表妹来。

她居然不记得，想起宁波就是小海鲜小海鲜。

我们又到天一阁，我翻找从前的照片，看到我们在天一阁的合影！我说："我明明带你来过！这么有文化又美的天一阁！你为什么只记得小海鲜。"

可见宁波小海鲜多好吃。

还有青麻糍、灰汁团、乌馒头、豆沙圆子……宁波大街小巷写着一句动情的话：四海归来，仍是三江少年。大概少年也难忘舌尖上的甬帮菜吧。

要写在宁波最难忘的三餐饭。

第一餐是阿卿的本帮菜。阿卿是宁波当地小有名气的收藏家，收藏了很多八十年代的老物件。小院里的木香花开得正美，阿卿做了地道的甬帮菜给我们吃。

雪蛤新鲜得滴着血，腌制的茭白，宁波三臭味道迷人，蒸石蟹生猛生动。江白虾是早晨从菜场里刚买回来的，盐水泡一下刚刚好，不用太复杂的工艺。雪菜汁蒸梅头鱼，此时的梅头鱼正鲜美，用雪菜汁蒸的做法只在宁波有，雪菜汁的清爽和野味与梅头鱼的鲜美是好夫妻一般，中正平和里有一派天真。宁波家常烧牛肉，牛肉紧实香弹。万年青拌金针菇。还有韭菜炒鱿鱼，鱿鱼鲜美，韭菜清香。素鸡油皮，蒸虾菇，还有一款清蒸梅头鱼，蒸鲜蛏子，韭菜炒蚕豆。

木香花开得正盛，一院子无尽夏，几个人吃着甬帮菜喝着杨梅酒，是初夏里的浪漫与趣味。

阿卿房间里挂着一幅书法作品，拙拙朴朴写着四个大字：桶底脱落。

我问宁波人什么意思，他们说，大概意思就是躺平，顺其自然之意。

时隔多年，还记得那满院子花香，特别是爬满院子的木香花，还有阿卿的甬帮菜，花香、菜香、书香、老物香。

第二桌难忘的是罗老师的家宴。走遍大江南北，罗老师是我见过的最会做菜的男人，一天五包中华，只睡四小时，靠做菜、喝酒、抽烟、打牌续命。那日他专门吩咐朋友带回几箱象山小海鲜。

罗老师围着围裙在厨房里忙活，也没见多乱套，一个人从容得好像在玩一场游戏似的，一会儿端出一盘菜，一会儿又端出一盘。他做菜是专注又深情的，问他有什么技巧，他说："没有技巧，就是感觉，酌量、少许，海鲜蒸几分钟，也全是感觉。"这不是哲学是什么？

中途他还抽了几支烟。

来看这顿难忘的家宴。

糖醋煎带鱼，又鲜又甜。芹菜炒鱿鱼，第一次吃芹菜炒鱿鱼，奇妙极了。笋麸咸菜炒梅豆，青椒炒黄牛肉，火候迷人。马兰香干很香，白切鸡很嫩。油煎豆腐只加了少量蚝油，清新迷人。红烧豆腐鱼简直好吃到不行了，现在想起来真是焦急，豆腐鱼又软又嫩又鲜，回到北方再也没吃到那么软嫩的豆腐鱼。豆腐鱼真像一个娇嫩的女人，女人都喜欢的那种女人，想亲一口的那种女人，软软嫩嫩的，美美的。

宁波龙头烤，不吃现场，难以描述。还有葱油米鱼、葱油鲥鱼，那个鱼的鲜美鲜香，念念不忘，写出来都十分勾引人，恨不得立刻吃上一盘才解馋。

那个火候掌握得，绝了。

凉菜也绝：凉拌咸笋干，烤油面筋，个个入味。

重要的是那两条大黄鱼。舟山东海的大黄鱼，刚打捞上来的，还带着东海海气，端上桌时觉得人生快意极了。我怎么形容那两条大黄鱼的滋味呢？是热恋吗？是中年饮了好茶吗？是久旱逢甘霖吗？是他乡遇故知吗？还是在天一阁那些复刻的兰亭序忽然下起雨呢？我回到北方买了几次大黄鱼，哦，抱歉，我做不出那个味道。那是大黄鱼的天花板和爱马仕，是只属于甬帮菜的至尊分享。

一个人一生要去一次宁波，一看天一阁，二吃甬帮菜，特别是小海鲜，然后看三江汇合，归来，还是自己的少年。

最难忘的一餐是"春哥海鲜"。

武林高手大概都是无招胜有招。

最好的饭和最好的人生一样，大概就是平淡天真。

春哥是朴素的中年男子，与妻子开了一家海鲜店——小小的海鲜店是宁波海鲜的爱马仕。春哥夫妻每天凌晨三点到象山，只买小渔船当天出海打上来的海鲜。对，只买小渔船，因为大渔船出海要好几天，海鲜不是当天的，小渔船当天往返。春哥说："我的海鲜是菜市场上没有的。"周围的顶级会所都来找春哥进货，不到中午海鲜就会卖光。有个老总迷恋春哥海鲜，每天买两万块钱的待客，他说只信任春哥。

春哥夫妻往返象山和宁波已经八年，店里也只有一桌海鲜，不对外，只招待朋友。

有幸，陈芳老师带我来吃了春哥海鲜。小小的店铺外间是海鲜，里面是那一桌海鲜。

有人花重金请春哥去做海鲜，春哥不去，他脸上带着骄傲说："我只做给有缘的人吃。"吃海鲜也是个缘分，特别是他亲手做的海鲜，火候精确到秒。

是春哥让我知道，一个会做海鲜的厨师，要按秒来计算火候。

请看我们这次晚宴的规格和按秒计算的海鲜。

顶级沙鳗鱼，高压锅汽上来十下后，等五分钟放气，出锅时放一点点酱油提鲜。一口下去牙齿根本来不及触碰，鱼就化了。对，是化了。能想象入口即化的鱼肉吗？那种丝滑感，那种莫名的丝绸感、肉香，吃好的食物是会让人醉倒的，有被人下了蛊的快感，非常美妙。

带斑的皮皮虾是皮皮虾中的爱马仕，极难遇到。小半碗水开三四分钟，再放鲜甜玉虾一起煮，椒盐烤干水分，出锅时撒葱花。两种虾的拼盘是比谁更鲜一筹，你鲜我更鲜，味道在口中此起彼伏，无法决胜负。

毛雪蛤又小又超级饱满鲜嫩。关键来了，只能焯七秒！七秒后捞出来放冷水里泡一下，把壳子打开撬出来，入口全是大海扑过来的气息。

肥蛏子是加一点点水在锅里烤干撒盐，这个烤干的过程很有趣，撒了盐的蛏子美味鲜极，舍不得一下吃完，4 月中旬的蛏子最肥美。

章鱼，高压锅加少量水，等水汽上来后响五下汽关火。对，春哥说试验过了，只能五下。四下不熟，六下太老。焖三四分钟捞出来，切开蘸一丢丢酱油，又嫩又弹。你绝对想不到章鱼可以这样做，只有高手才能煮到老嫩到位。真正的高手是秘而不宣，有平淡天真的快乐。

还有宁波人都知道的马鲛鱼（又叫鰆鰆鱼），它游到淡水后肉质才会变嫩。 大马鲛鱼至少有十八斤，留身带籽，鱼子浸到汤汁里味道更香更鲜。用雪菜咸菜汁炮制，里面是雪里蕻和野山笋，这是山里的老爷爷老奶奶自己腌制的。炒了咸菜加汤炖，鲜美咸香。春哥说："清明前一周的马鲛鱼最好吃，而清明过后二十天的马鲛鱼味道最好最肥美。"

一口汤一口鱼一口鱼子，只有吃到嘴里才知道那种绝美，好吃到爆，一边吃一边流口水。

生腌海蟹。虽然我不是吃得很习惯，但是，这个技术含量更高。活蟹先冻（这是重点），撒盐、姜丝、黄酒、茅台或五粮液。重点是活蟹必须先冻，重中之重，为的是这一口鲜。

还有他自创的海鲜酱油汤，不同的鱼虾下锅顺序绝对不一样，春哥说这个秘方要传给我，我喝到第一口就找不到眉毛了，因为眉毛被鲜到碗里了，忙着喝海鲜汤都没有时间找眉毛了。

哦，还有他做的黄牛肉，黄金肉半带骨，炖几个小时，那种深入骨髓的香味至今在口舌上荡漾。

春哥说起他的海鲜时一脸喜悦和骄傲，一个人深爱一件事情才能做好这件事情，无论阿卿、罗老师还是春哥，他们爱生活爱美食爱朋友，并且享受这个过程。

这个过程很微妙，能滋生出更多内啡肽，足以令人快乐。

这么多年去过很多地方，吃过很多美食，留在舌尖上的非常多，但甬帮菜那么令人难忘，它默默地高级着，绝不是惊天地泣鬼神的那种炸裂，也不是水至清的寡淡，它像一个见过世面的中年人，就那样云淡风轻地提供了饱满的情绪，但你又觉得天真无邪。

20 世纪 30 年代，大批宁波人到上海经商，甬商风起云涌，甬帮菜在上海大行其道。

上好的菜品，温软的女子，昏黄的灯光，在外滩看黄浦江夜色，有时候人们怀念一餐饭，是怀念当时的氛围、人、场景，再想起时，此一时，彼一时。

这些年往返宁波很多次，每次必到天一阁，然后开心地吃着甬帮菜，也交了很多宁波好友，现在写起来、回忆起来，不仅舌尖上有回忆，心里更有那些绵密的友情、深情。

说到底，菜，还是连着人心才更有味道呢。

山西面食

我统计了一下这十几年去哪个省最多：山西。一是因为我和山西卫视有合作，二是喜欢山西古建。所以，也算出差中，吃过的山西饭菜最多。

山西菜我认为乏善可陈，过油肉、大烩菜、香酥鸡……山西菜刻不进人的味蕾里，但山西面食是天花板，这个大概没人反对。

有人说山西面食有几百种，到底几百种？没有人知道，但分类清晰：蒸面食、煮面食、炸面食……晋南晋中吃馒头、花卷、枣馍、硬面馍、手切馍……

还有各种各样的面：刀削面，全凭刀削，中间厚两边薄，越嚼越香。剔尖，你瞧瞧这诱人的名字，相比刀削面，剔尖更加筋道爽滑。猫耳朵，用手一搓一个，小巧玲珑，我每到山西吃三碗，这名字太可爱。

莜面栲栳栳。咱也不知道山西面食的名字为什么这么古怪独特，像一群有武功的人，个个身怀绝技，出手不凡，个个名字都是神兵天降一般，都有独家秘籍。栲栳栳是莜麦粉做成的，要人工一个个搓成，然后放在屉子上蒸，蒸熟蘸料吃，一吃一个不吱声，我一次能吃两屉，根本走不动道了，因为难以消化，就在酒店喘着粗气，然后喝着生普，然后又想下一顿是不是吃剪刀面？

剪刀面是剪子剪出的一条条小面鱼，就那么一下下地剪——山西人浪费在面食上的时间和功夫简直天下无敌，比如做栲栳栳，手指一挑一卷，像跳舞，像山西人傅山写书法，是张弛有度的，迷人哩。

据说刀削面的师傅一小时能削五十斤面团，一分钟118刀，野草疾风，然后吃一碗山西面，踏实又肯定。

还有土土方言的"擦圪斗"，它是玉米面、白面做成的，在一个长条的工具上擦，上面有很多小孔，然后一个个掉进锅里。

真的，我再也没见过比山西人更会做面的了，简直叹为观止——怎么一块面可以做出那么多样子？当然每种面的软硬是不一样的，刀削面要硬，否则怎么削下去呢？揪片是另一种面式，要软硬适中，一块面抻成条，靠手一片片揪到锅里，方寸之间，灵活动人，捞出来拌上卤子，放上醋，是夏天的美味。小时候我妈常常做，现在80多岁做不动了，说外卖点的揪片不好吃，没筋性。

还有饸饹面。压饸饹面的工具很特别，通过杠杆直接把和好的杂粮面放在饸饹床子里，然后压下去，一条条掉到锅里——咱也不知道为什么面的形状有差异，味道也会有这么大的差异？

臊子面是山西运城、临汾一带的家常美食，主要是臊子好，选料严格、工序繁杂，面条细、韧、滑，我爱吃肉臊子。

山西朋友给我寄来一大盒自己炒的肉臊子，我放在冰箱里，可以吃几个月。无论煮什么面，哪怕挂面，我都要放臊子。但山西人几乎不吃挂面，活生生的山西人要吃活生生的面。吃挂面？那是对山西人的侮辱吗？家里的厨子多懒才要吃挂面？没天理。

你看，包、擀、削、拨、抿、捺、压、搓、漏、拉……这些复杂迷人又性感的动作做出许多种面食……你就吃吧，你住半年，未必能把山西面食吃个遍。

我爱吃的，还有山西油糕。

我一写到这四个字就饿了！在我吃过的油糕中，山西油糕是封神的。

真正一款高温高糖高碳水的食物。黄米，红糖豆沙馅儿，有的里面还放瓜子仁……大火油炸之后，滚烫的端上来，外皮脆脆的，里面软、糯、甜，又烫又甜又脆又糯又香，谁顶得住？山西人逢年过节必吃，寓意步步高。

大同龙聚祥的油炸糕是一绝，吃完了它著名的烧卖，再吃两个油糕，一个豆馅的，一个红糖的，唐诗中说的是云想衣裳花想容，我是想念山西的油糕。

从山西回来之后我总是会缓缓神，我想的最多的是山西那些古建、古寺、古松、古意吗？我总以为是，但很多个日子过去了，我就总想再去山西，我肯定想去看山西的古建，那些壁画、雕塑，那些古寺里的钟声。但原谅我，其实我更想吃到那些山西的油糕，滚烫的、热烈的、甜腻的，好吃到爆炸啊。

真的，如果有一百种碳水摆放在面前，比如馒头、花卷、饺子、大饼，一百种面食，只允许我选一种吃，如果这里面有山西的油糕，我肯定选油糕。你看，油糕在我的食谱江湖中地位就这么高。

昨夜与表妹聊到热情和力量，她说："老姐，你是一个热情而有力量的人，一直有。'不忘初心'，你是真没忘，你对待人、事物、艺术、爱情……都一样，几十年过去，永远是和第一天一个样。这多么难得，你知道很多人的初心会被磨灭，但你没有，你的热情仿佛永远用不完，永远在源头，永远用不尽。"

这真是伟大的赞美。

我是这款热量爆炸的油炸糕，我知道。

粤菜

我是中年之后才喜欢吃粤菜。少年和青年时喜欢麻辣鲜香，往成都重庆长沙跑，够麻够辣才有意思。中年时多到大湾区，一下子迷上粤菜，我想大概因为粤菜的食材实在新鲜。

有一句话叫"食在广东"，也有更细的叫"食在顺德"。我第一反应便是在广州的炳胜吃的烧鹅，那烧鹅简直让人口水连连。

还有一句"食在广州，厨出凤城"，凤城就是顺德。我单独去顺德吃了双皮奶、鱼生、煲仔饭、肠粉、虾饺、艇仔粥、蜜汁叉烧……我记得还有一盘蒸鱼，放了豉油，那个放鱼的盘子是个简单而粗糙的铝盘子，我至今还记得，因为那个鱼太好吃了。

粤菜食材的新鲜让人叫绝。鱼生这道菜在顺德极有名——鲜美的鱼切片，鱼片还跳动着，像死不瞑目的爱情。一口下去，配上柠檬草、洋葱丝、白萝卜丝、蒜片、榨菜丝、胡萝卜丝、酸姜丝，撒上芝麻，淋上香油、酱油，各种辛、香、酸、甜涌上来，是人生百味。

我最开始迷上广州是因为广州早茶，上百种广式点心：红米肠、天鹅酥、萝卜糕、菠萝包、芋头糕……我每次来往沙面岛，都去白天鹅吃早餐，偶尔也住白天鹅，因为白天鹅宾馆是我小时候的一个梦，这是中国第一家涉外酒店，外面就是珠江，一边吃早茶一边看珠江，实在是享受。

每次去广州，都要去炳胜——肉汁蒸小黄鱼鲜嫩，二十年陈皮炖土猪肉汤，鲜贝柱浸农场菜心，粤菜里的炒时蔬每次都鲜掉眉毛。我在家也学着炒：热水热油碰撞，爆火炒，最后控出水，那种妙绿，只有粤菜有。对了，用猪油炒，千万用猪油。

粤菜那淡而不腻的甜度也迷人，不像无锡那么甜，是鲜甜。

来广州吃炳胜仿佛成了必然。那豉油皇鹅肠的味道多少年还在回味，我每年正月都要在广州过元宵节，我想了想大概是因为粤菜。

东莞的朋友钟先生经营粤菜餐厅，太钟港式美食，他和妻子陈女士做餐饮好多年，邀我们去东莞小住，品尝粤菜。从东莞回来后，我表妹对那几餐一直念念不忘，慨叹是粤菜天花板了。

1979年钟家从路边摊做起，整个镇子都爱吃他们家的炒河粉，后来做大了，和香港东海酒家合作，在东莞做粤菜做到了头牌。

那晚的家烧拱桥骨脆香；东海梅童鱼花胶羹，选用东海二两重一条的梅童鱼起鱼片，再用山泉水将鱼骨熬制成浓汤，梅童鱼片、鳘鱼花胶做主料，配以竹荪、藏木耳、杜阮凉瓜、陈皮、柠檬叶搭配出丰富的味道，多重口感，入口清香丝滑；蚝皇扣软心两头鲍，选用半斤以上的澳洲鲜鲍鱼，加入36个月的金华火腿，家养老鸡、土猪排骨、中谷瑶柱、金蚝等，名贵食材由大厨用秘制手法文火慢熬120分钟而成，口感软糯，鲍汁浓郁香滑……还有七斤重的阿拉斯加蟹，用鸡油花雕陈村粉蒸；脆皮牛肩是我吃过的最好的牛肉；甜品是牛油果燕窝……加上一瓶珍藏多年的拉菲，嘴里除了美食还有金钱的味道。

第二天又去总店吃。

在我的记忆里，像是《随园食单》中的场景，随着主人进园林、听曲儿、吃美食。

第一道菜是火瞳炖海虎翅：选用金华精选火腿配以粗针翅，原盅隔水炖足 6 个小时，汤汁清澈。入口汤汁鲜香，翅针粗而清滑，香味清幽。

第二道菜，新西兰红龙虾之龙腾四海：因为未熟前浑身红色取名红龙，新鲜现切的红龙肉质鲜嫩、清甜、爽脆，对，是爽脆，一入口，那鲜嫩爽脆之感是人生快意，顿时生出去挣钱的决心，大快朵颐需要有很多钱，哈哈，这是我吃顶级粤菜最深的体会。

第三道菜，七彩龙须东星斑：享用时搭配金华火腿丝、土鸡蛋丝上蘸上些许秘制蚝油夹着鱼肉一起吃。

第四道菜，极品澳洲和牛肉：牛肉肥瘦均匀，切去边角，每块成四方形，师傅用平底锅以煎焗的方式煎香，入口即化，牛肉香味口齿留香，配以外脆里嫩的秘制百味豆腐，别有一番滋味，味道至今在我脑海里荡漾，令人口舌生津。

第五道菜，中堂鱼包煲菜心：鱼包讲究时节，天气越冷，鲮鱼越为肥美鲜甜，鱼肉也更容易起胶。鱼包像云吞，它的最佳伴侣是青菜，两者混在一起野味十足。粤菜混搭之魅力，食材之高级，在八大菜系中算是翘楚。

主食是虎门麻虾霹雳泡饭：选用虎门麻虾熬制，米饭入锅调味、煲开，倒入炸金米，那口味鲜美到令人神魂颠倒。

甜品是金蚝冰川瓜：生长在云南冰川喝冰川水长大的瓜，用精选的金蚝大火煲淋，香浓至极……

那几日饕餮大餐吃的已经觉得神仙妙趣，粤菜实在是让人无端生出高级感，其实有时高级感也是隔膜，吃起来有不是自己人生的感觉。我倒开始怀念秋风吹起来，猫躺在桌子上睡觉，放着昆曲，泡着好茶，包着素三鲜的饺子……你看，大餐吃多了，就会怀念家常饭、家常菜。

但我一到冬天就会想念南方，然后买张机票就走，大多数时候会飞到广州，也说不上为什么，我想很多原因是为了广东早茶和粤菜。

我招了，就是的。

鲁菜

我是山东人。对，地道山东人，没有水分的山东人。在山东讲座时，我自我介绍："我是大明湖畔的夏雨荷。"

爷爷是山东济南人，少年时随母亲改嫁到北京河北交界处，但爷爷一次次告诉我：我们是山东人。

山东好客，山东人热情、仗义、大方……

山东人在外界的口碑，好评率爆棚。

但我不喜欢吃鲁菜。

鲁菜是八大菜系之首：煎、炒、烹、炸、腊、盐、蒸、煮、酿、烤、蜜、拔、爆、醋、酱……山东人待客豪爽，讲究排面……有人说鲁菜傻大笨粗，我不爱听。鲁菜是茁壮的，是庞大的，是壮阔的，是不讲究细微处夺人耳目的，但鲁菜绝不是傻大笨粗。

我只能说，尽管我是山东人，但我偏爱湘菜、川菜……我口味偏重偏奇，鲁菜太正了，是正人君子的样子。

葱烧海参仿佛鲁菜中的定海神针。山东大葱真是好，又大又高又粗又壮，每年入冬之前我都要买几捆山东大葱。大葱是不怕冻的，放在屋外，吃一根剥一根，能吃一个冬天。楠姐有一次给我全剥了，剥了的葱像脱了衣服，没了保护层，很快就坏掉了。我气坏了，又买了一捆放在外面。

大葱真是好东西，光有葱都能生活好多天。

大葱蘸酱真是美味。那酱用鸡蛋和大葱相拌，放在热油中炸，大葱抹上酱，就着刚出锅的馒头，给个神仙也不换。

大葱拌豆腐，我觉得比小葱拌豆腐更传神。那葱白和豆腐在一起，两个都嫩嫩的，是青春期里的少男少女，吃到嘴里爽滑嫩翠，美得很哩。

史君老师是我在烟台的朋友，她找到当地老渔民，为我做了两大罐野生大对虾的虾酱，我视若珍宝。

将山东大葱切碎，加热炝锅，炒虾酱，刚炒出来的大葱虾酱，就着刚出锅的纯碱开花大馒头，我再重复一遍：给个神仙也不换。

你说我多爱吃吧，天天给个神仙也不换。

山东煎饼卷大葱，山东人都知道多美味，但牙口不好的请谨慎。

那煎饼卷大葱——像汉子抱起自己心爱的女人，生生热爱。山东的马姐长年给我寄煎饼，我卷山东大葱，吃得美滋滋。

吃了葱不宜接吻，但如果相爱的人也吃，谁也不嫌谁。

葱烧海参多在胶东地区，烟台、青岛。我出差去烟台，每天吃葱烧海参，那葱白切成二寸长，又白又嫩，那海参又大又软，顶饱。我每次吃好几个，实在过瘾。

糖醋大鲤鱼也壮阔，鲤鱼必须是黄河大鲤鱼，用刀划口，裹淀粉糊，下油锅炸熟，淋上糖醋汁，外面香脆，鱼肉很嫩，外焦里嫩，仿佛一个鲜活女人，酸甜可口。但我吃过很多次，做得好的师傅不多。

油焖大虾。虾是渤海湾大对虾，用鲁菜惯用的油焖手法，不可大火焖，否则肉质老。但真正的山东胶东人认为这上不了鲁菜台面，不就是大虾吗？小时候谁吃大虾、螃蟹、海参、鲍鱼啊！没人吃这东西，又费盐又费酱油。

四方五味

这是真的。

在烟台饭局上，潘老师给我讲过这样的故事："雪老师，我小时候家里穷，那是20世纪80年代初期啊，我上高中，家里给带了饭盒，那饭盒里装的是什么？是大对虾！对，大对虾！没有馒头吃，没有碳水吃——我们家穷，只有虾。我一个人走到操场上，默默打开饭盒，在没人的操场上，怕同学看见笑话，我含泪吃下了大对虾啊，雪老师……"

一桌人笑得前仰后合，说他出了烟台说这话会被人活活打死。

他表情严肃："是真的呀！小时候谁家吃海货？那鲍鱼多难熟！那大对虾不配上酱油难以下咽啊！可是，酱油又贵死人！你问每个胶东人，就是这样子的啊！鲁菜必须有猪肉、猪肝、猪下水……没有猪肉多让人看不起！所以，必须有一盘糖醋里脊！新鲜里脊肉，汤汁酸甜，鲜咸香脆。孩子结婚必须上这个菜，有面儿……"

孔府烤鸭。鸭肚子塞满了板栗、山药、小枣、银杏、蘑菇、莲子、蒲菜……传说慈禧吃过，赞不绝口——我觉得过于复杂了，倒不如全聚德果木烤鸭。

还有木须肉，也叫苜蓿肉，猪肉片、鸡蛋、黄瓜、黑木耳……我自己也炒，觉得是普通的家常菜，并不见高级。

压轴菜——九转大肠：焯水、油炸、卤制，锅内放十余种材料，肥而不腻，香气怡人。

鲁西有微山湖，大鲤鱼、焖甲鱼是翘楚了。

鲁中济南，把子肉又烂又软，肥而不腻，盖上米饭，外面下雪，屋内吃肉，济南的冬天因为把子肉而温暖。

鲁南，蒙山全羊、沂蒙炒鸡、瓦块鱼、大酥肉、扣碗鸡，乡村宴席主角。

淄博烧烤火了以后，大家蜂拥而至，不过图个热闹。但博山菜好吃——博山虾肉、琉璃地瓜、豆腐箱子都是上佳。据说豆腐箱子屡登乾隆皇帝的餐桌。

俗话说，唱戏的腔，厨师的汤。在鲁菜厨师眼里，汤是百鲜之源。在做菜之前，要调制奶汤、清汤、三套汤。

奶汤由母鸡、猪肘、猪骨熬制成，白亮鲜美。清汤在此基础上加鸡脯泥、肥鸭。

有汤，菜才有灵魂，清汤加持下，做个汤爆双脆。

今日大雪，外面零下 18℃，我准备做几个鲁菜暖胃。天气越冷越要吃温暖的食物。

做个奶汤蒲菜，热气腾腾，滋味鲜美清淡；爆炒个腰花，猛火催逼，腰花改刀要妙；做个四喜丸子；把史老师寄来的大虾油焖，就着十年一遇的大雪，吃我的鲁菜。

徽菜

每当一碗热气腾腾的白米饭煮熟，我首先想到的是干吃一碗，米的清香四溢，最纯粹的米香，像一场梦游似的。在北京有戏迷，听完梅兰芳的戏，用棉球堵上耳朵，据说可以回味一晚上。人这一辈子三万多天，九万顿饭，和谁吃？吃什么？真是山山水水的一程程。

那碗白米饭，热的、香的。

第二个想吃的就是配菜。配什么菜，湘菜排第一，徽菜排第二，川菜排第三。那种和米饭的配得感，老食客懂，而且菜必须有锅气，最好统一配上红烧肉，这么一想，我就想再来三碗米饭。

徽菜重油重色，实则平淡天真。臭鳜鱼是经典，这三个字一出，是徽菜了。还有徽州一品锅，徽州两个字真是美。

徽菜起源于南宋时期的徽州府，明清时期一度是八大菜系之首。大概因为徽州的富庶，一个地方富庶，饮食就丰富，寺庙就多，戏台就多。有了钱，吃好喝好，然后喝茶看戏，比如徽商、晋商。山西寺庙、戏台太多了，山西这地方好吃。

徽菜鲜辣为主，重油重色重火功，滑烧、清炖、生熏，酥、脆、嫩、香。有一次去宣城，郑老师不仅纸做得好，也是美食家。夫妻俩带我去山上吃徽菜，弯弯曲曲爬上山，是柴火灶，除了臭鳜鱼，很多菜我都忘了，只记得那个环境、那个氛围，还有那要命好吃的徽菜，又辣又鲜又咸又香，撕心裂肺的好吃，撑了还要吃，吃到月亮升上来，胃里已经难受了，可是依旧余味不尽，已经很饱了，依旧有饿感。这是多么奇妙的感觉——真正的美食一定是这样的，已经饱了，还馋。

我对重油的东西没有抵抗力——像一场一辈子的爱情，永远戒不掉这个人，永远像初次时的爱。爱和食物一样，一个人舌尖的私密感和爱恋一个人一样，你不吃折耳根，再怎么努力也没用。爱吃豆汁儿的说在享用美味，不爱吃的说是洗脚水，我不爱吃，所以是洗脚水；我爱吃臭豆腐，炸了馒头片抹上吃，是神仙。

2023 年 9 月，我们自驾徽州。我们是指表妹、骄阳、小牛……我们去了皖南。宏村、西递、猪栏酒吧……猪栏酒吧的主人天天带我们去吃徽菜：铁板毛豆腐，发酵过的长毛有迷人的菌群，绩溪炒粉丝浓香扑鼻，干锅里炖的是皖南黑猪肉，爆炒黄牛肉很浓郁——我在北京去过好多徽菜馆子，也都吃了臭鳜鱼，但都不如到安徽吃，只有在安徽吃，才是那个味儿。

有人说乡愁其实是在思念家乡味道，每个人肠胃的 DNA 和舌尖的食物密码都是自己独一无二的。

作家阿城曾写道：人还未发育成熟的时候，蛋白酶的构成有很多可能性，随着进入小肠的食物的种类，蛋白酶的种类和结构开始形成以至固定。我的助理小牛是河南人，跟过我三年，三年间收到最多的快递是锁鲜装的胡辣汤，方中山、北舞渡、逍遥镇……她对胡辣汤痴迷到几天不吃就难受的程度。

每个人都有自己的食物密码，比如我，在南方久了，就想念手工纯碱馒头和饺子，面对精致极了的广东早茶无动于衷，只想吃一个刚出锅的大馒头，什么也不就，到处是麦香，吃了就觉得人生圆满了。

四方五味

还有一次在桃花潭吃臭鳜鱼，王艺老师点了三条，然后对众人说："小禅老师单独吃一条，她爱吃。"那天臭鳜鱼的味道直指味蕾，风韵弥漫，又香又臭。但我最记得王艺老师的情义：居然当着满桌子人单独让我吃一条，可见知道我多馋，还有，胃口多好。

西北饭

西北饭真是壮阔。什么都大——锅盔大、馍大、菜里的土豆也大。到兰州和西宁喝"碗子茶",兰州也叫"三炮台",那大盖碗,气吞山河似的。我想起潮汕的工夫茶,那一小盏,进而觉得南北差异真迷人,一个人南南北北才有意思。我能喝潮汕的工夫茶,我也能在西北大块吃肉、大碗喝茶。

西北饭真得我心,我的胃里有西北的引子,只要到西北,立刻像投入一场饕餮盛宴一样。

进了西安,咥[1]一碗羊肉泡馍——不承认西北的羊肉好吃仿佛有罪过一样。我努力把那白馍掰得小一点,这样更香一些。

我还想念那些面:臊子面,岐山的真好吃,那臊子里的肉真香;油泼面,我迷恋那油泼时的滋啦一声,热油浇在辣子上,香喷喷。西北人说循化的花椒和辣椒面最好,那辣椒只香不辣,我爱吃西北辣椒,那香气浓郁热烈,那辣又恰到好处,不呛人,是撩人的小妹,我爱死了。

肉夹馍我爱吃新出锅的馍,一切两半,夹上肥瘦相间的肉(纯瘦肉不香)。我每次可以吃两个,半天不饿。以为吃饱了,但又有一份鲜美的甑糕,又甜又粘又糯,于是,又来了份甑糕。

说了半天,是碳水加碳水,是百分百的满足,像西北人的敦厚和扎

---

1 陕西关中、河西走廊一带的方言土音,是吃的一种方式。

144

实。一份驴蹄子面，加一个牛肉饼，吃完了胃里全是满足——碳水的快乐是食物里排第一的，特别是油炸类碳水。

我一写到西北，脑海里全是碳水似的，除了牛羊肉，想不起什么菜，我数次去西北，脑袋中都是无穷无尽的碳水和牛羊肉（还主要是羊肉）。

西安往西北走是兰州，铺天盖地都是牛羊肉。

磨沟沿牛肉面，吃完了在黄河边溜达；马安全辣子牛肉面的辣子真香；白建强牛肉面是四大天王之一，一如既往地好吃……人的口味非常私人化，无数家牛肉面，有人只爱那几家。我兰州的朋友喜欢吃金强牛肉面，里面加肥肠，还有家吾穆勒牛肉面，酱牛肉好吃。

兰州牛肉面开到全国各地，但只有兰州的最好吃——因为只有兰州有牛肉面的菌群，离开了兰州，带着牛肉和面到任何一个城市，都不是那个味儿。

然后是手抓。兰州和西宁的手抓羊肉都叫手抓。兰州48元一斤，西宁88元一斤，西宁物价比兰州高。在七月盛夏，我去了这两个城市，吃了地道的手抓羊肉，最新鲜的手抓羊肉就是用来自宁夏的滩羊，切大块冷水下锅去血去腥，血沫打净加花椒、姜片、小茴香、大葱，煮一小时加盐，切成条状端上来，配辣椒面、大蒜、韭菜花，一口下去，风吹草低见牛羊。肥瘦相间的肉最美，没有膻腥，纵横口腔的是羊肉的嫩、香……还有羊肉独有的朗朗之气，丰腴溢润之间，人生圆满。

再往西北走是西宁，海拔更高了。兰州海拔1500米，西宁海拔2300米，一进西宁，夏天变成秋天，凉爽的风吹过来，满街香果的味道。那个味道萦绕我多年，我只要一想到那个味道，立刻就想到西宁。在锅盔里，在馍里，在一种叫"狗浇尿"的饼里，都有这种荡气回肠的香料。

它叫香果，绿色粉末状，放在饼里、花卷里、锅盔里。西宁人说，如果出去半个月，脑子里全在想这个味儿。绝妙的清香，妙不可言。

在下南天街，各种各样的馍店，堆着成山的馍，刚烤出来的又焦又黄，比脸还大，买一个可以吃几天。刚烙出来的狗浇尿饼软软的，香果味道迷人，再撒上白糖，我不就菜，只吃那个味儿，奇特的口味让我沉醉其中。人的味蕾真是怪，千人千面，有人就吃不了这个香果味。

我坐飞机回来，带着一个大包，全是各种各样的馍：锅盔、狗浇尿饼、麦仁饭，一飞机人看我，我得意扬扬。年过半百，仍然有旺盛的生命力和在全国寻找美食的勇气和斗志，特别是还痴迷碳水，我得意扬扬。

同时带回来的，还有一口锅。

那是属于西宁的一个锅，西宁叫它炕锅。

在西宁，满街羊肉串、酿皮子、锅盔之外，还有炕锅。

只要给西宁人一个这样的锅，炕锅羊排、牛排，炕锅一切。直径大约 30cm 到 40cm，深度 10cm 左右，最关键的是：铝制，必须是铝。

西宁朋友秀玲请我去家里吃饭，主菜是洋芋炕羊排。那个炕锅用了几十年了，是她母亲留下来的，布满厚厚的油渍，历经沧桑的黑。锅热了放厚切的土豆，然后放上腌制了一晚上的羊排（用生抽、老抽、大葱、姜、料酒、盐腌制），洋芋上盖上羊排，然后盖锅，小火炕两个小时。两个要点，第一，不放一滴水，所以叫炕；第二，中途不能揭锅，一次也不行，怕没了锅气。两个小时之后，最美味的羊肉炕锅完成了，那个美味，可以销魂。

"为什么一定用铝锅？"

因为铝锅传热慢，可以慢慢炕，让时间去和食物会合，慢，更出味道。

我在西宁吃了很多炕锅，其中我觉得"尕张娃"最好吃，几百人排队叫号，我觉得心焦，眼巴巴看着人家一锅又一锅端上来，我探出脖子问："好吃不？"一个姑娘马上递给我一块："姐姐，你吃着等！"看，这就是西宁人。

西北人憨厚，饼叫狗浇尿饼，汤叫破布衫。是老百姓的饭，吃得饱，吃得香，有力气在明晃晃的太阳下过生活。

那个锅我拿回来炕了一切：羊排、猪排、洋芋、红薯，我希望几十年之后，儿女能骄傲地继承，并且说：这是我母亲从西宁背回来的大铝炕锅！

西北饭除了各种面、羊肉、锅盔、面皮子绕不过去，还有一个我爱吃的美食绕不过去：洋芋。

论做洋芋，西北人说第二，没人敢说第一。青海人喜欢把两个字重复，莫名其妙的可爱。比如洋芋条条、洋芋汤汤、洋芋津津、洋芋丝丝……这些词一重复起来就可爱而跳跃。我坐在西宁一个叫朴华的店里，喝着洋芋汤汤，吃着洋芋条条，感觉洋芋仿佛有了神通，给了青海人一个最诚恳的依靠。

在青海焙锅洋芋可抵抗高原的寒冷，而洋芋叉叉、洋芋叇叇、洋芋津津则仿佛是定海神针。

土豆、洋芋、马铃薯……它们是一类，在云贵高原、青藏高原、坝上草原……是老百姓热爱的粮食。

洋芋有多少种做法呢？没有人统计过，但我小时候，奶奶把新鲜的土豆蒸熟，母亲把它擦成丝、烙成饼，是我孩童时的美味记忆。

洋芋，拙朴又灵动地出现在西北人的饭桌上，绝不清新雅致，却有直抵人心的暖意。

　　我在西宁第一次吃到洋芋津津——用土豆擦成末末，再和做酿皮一样做成皮子，切成条子，加辣椒、大蒜爆炒，又筋道又美味——西宁人把洋芋做成了天花板，我打包了一份回来，但没了锅气，离了青海，没那个味儿了。可惜。

　　哦，还有青稞。这两个字美得啊，像一个十六七岁羞涩的女孩子，在高原上，它叫青稞。耐寒、孤冷、不热络，青稞意为"天地之合"，雪域高原上，青稞仿佛是一个古老的谎言。我总觉得青稞古老，一厢情愿地认为，青稞做的甜醅好喝，有酒气。青稞粒子被石磨碾成细条条，加了蒜爆炒，是青海人爱吃的麦仁饭。而我爱极了青稞麦仁饭，热热的端上来，蘸白糖，拌蜂蜜，我一口气吃几个，麦粒的清香、高原的柔韧，还有那只有青稞才有的味道，多少年也忘不了。

　　大块吃肉的西北人得喝茶，那茶叫"熬茶"，熬这个字真好，仿佛是来自时光的一种煎熬，用茯茶加青盐、花椒、桂皮、草果、荆芥熬制，去了肉的油腻，降了血脂，不加盐，没灵魂。

　　当然，还有羊肠、尕面片、梗皮、大盘鸡……西北饭有壮壮实实的"饱"感，这个饱感，是实打实的满足。

　　也不讲究夺人耳目，就是吃了以后觉得踏实了。

　　我想起在西宁一天的食谱：早晨一碗羊肠面加一碗面片或者梗皮，两碗老酸奶；中午炕锅羊排，就上刚出锅的狗浇尿饼，甜品是甜醅子；晚餐火锅羊肉加羊肉串，配上青稞饼或肉夹馍；宵夜是大盘鸡和驴蹄子面，一锅炕土豆……碳水加碳水，快乐可以封神。

　　人生是苦中作乐，西北饭，是人生满足。

食罢煮茶消日长

寻粤记

四方五味

粤语迷人，粤地亦好。

我居然连续五年到广州过元宵节了。

想想为什么呢？北雁年年南飞，一是因为广州此时温暖，北方寒风凛冽，广州元宵节 25℃。二是食物，粤地食物、食材之丰富，难以言述。三是广州有说不清、道不明的性感，又温暖又迷人的立体气场，令人为之一振，又令人昏昏欲睡。

癸卯正月初九，再到南国，花城一片翠绿，依旧住沙面宾馆，门口大吉大利真喜庆，沙面的老树依旧在等我，仿佛昨日还见。

依旧是素心到机场接我，她还是少年模样。依旧去黄沙吃海鲜，哦，还是金港鹅潭。今年较去年冷，我穿了薄毛衣。

早茶依旧是在侨美食家，食客比从前少很多，周围全是老广。我知春，你枝春，广州早茶最懂春天。

虾饺必点，酱萝卜糕，叉烧包，干蒸烧卖……你可以在广州住一年试试。

黎雪珍凉茶、潮汕砂锅粥、隆江猪脚、顺德火焰醉鹅、港式云吞面、书同巷鸡煲与生蚝研究室……老巷子中广东的老味太多，在黑夜中吐出小蕊子，迷人极了。

在夜色中闲逛，看到男士理发 11 元，女士理发 16 元，一个小小的屋子，一个少年在给一个老人理发。

夜色中的珠江像一个妖娆的女子，我站在榕树下抽烟，远处是灿烂辉煌的白天鹅。

又跑去炳胜吃鱼生，壬寅年也和朋友吃过，她拿到 333 的牌子，开心极了。333 在广州是大发之意，转眼一年过来了。

我住过的悦海宾馆因为疫情关门了，上面的告示是 6 月份的事情了。三年疫情结束，所有景区人山人海。

这次我又住在了天河区，在闹市里看看花、吃肠粉、喝闲茶。

风铃木开得灿烂，我走在花下，像一场春梦了无痕。我年年来广州，仿佛从来没来过，广州是这样鲜活迷人呀。

去了大众点评肠粉排行榜的第一名：荔银肠粉。一个小小的店铺，好吃到眉毛跳。

32.8 元的套餐，说是蔡澜套餐：招牌三宝肠粉，荔湾艇仔粥。

肠粉空灵美妙，真材实料，艇仔粥里有大颗的虾仁。又要了干炒牛河和海带苗肉片汤，还有猪肝汤。看着春花，坐在小店吃下午茶，是美艳绝伦的好生活。

如果站在路边再抽一支烟，给神仙不换。

风铃木很美，我很沉醉，广州纸醉金迷、活色生香，食物很诚恳地卖弄，我很认真地埋单。

佛山祖庙的木棉一定还记得我，老戏台上正唱着粤剧。

花红柳绿的岭南，我举着一个风车在舞台上跟着风转——每年元宵节我争取都来听粤剧、吃早茶、看岭南春花。

而我更像十三姨，招摇曼妙地游走在岭南春光中。

"谁也不能永在，但是可以永远同在。"

我为什么这么热爱广州？因为广州丰富立体生动，像过尽千帆的人依旧热爱生活，含笑带泪，站在路边吃串，聊天，饮一杯凉茶。

小谭来电话："雪老师，你又来顺德了？我请你吃饭啊。"

两年未见，各自寒暄胖了。然后游顺峰山公园，仿佛两年也就弹指。

中午是在顺德最有名的馆子，煎焗竹肠，桑叶浸鸡什，盐油蒸和顺鱼，迷死人的鱼生……那条只放了盐和油的和顺鱼，鲜到了我的眉毛。

顺德是可以住半年的地方，明年安排上。

立春，雅琼从广西来找我："我们一起过元宵和立春啊，小禅。"

有些人一出现就是一段春风，一阵春雨，令人适意、喜悦，雅琼便是。

我们在"喜糖"吃早茶，看着小蛮腰，吃下那些迷人的广式早茶：叉烧酥、豉油凤爪、咸蛋黄慕斯、流沙小丸子……而外面春雨霏霏，这一天是癸卯年立春。

我与雅琼在春天的珠江边跳舞，听70岁的老人唱匈牙利情歌，在路边支着下巴喝咖啡、看春花——我们愿一生有朗朗自信的美，有舒展而芬芳的生命力，永远有自己的春风中年、春风老年。

元宵节，春雨霏霏，与雅琼雨中游珠江公园。春雨美得妖娆而热烈，雨中的玉兰开得灿烂而招摇。我奔了过去，哦，是"奔"！我们欢喜地跳着跑着，在广州，在春雨中，在元宵节。

"少年把酒逢春色，今日逢春头已白！异乡物态与人殊，惟有东风旧相识。"好友发了微信给我，癸卯年的元宵节，尘埃落定，雨中元宵看花忙，灯与月依旧，人与人长久，那深情所寄的人啊，请与我同醉。

深夜，我们在体育西横街逛吃逛喝，猪脚饭、鸭脚煲、牛肉火锅、潮式围炉、耙蹄豆花煲、现切猪杂粥，还有午夜十二点的潮汕海鲜粥。

"哦，I love 广州。"有外国人一遍遍重复。

我也爱。这猛烈而热情的活色生香，这令人沉醉的欲罢不能。

下一站，深圳。

素心开车，她像一个男人一样帅。两个小时，从广州到了深圳。

先去大梅沙看海，春天的海像一个女孩子，勃勃生机里全是两个字：活力。

而我跳舞给大海，感谢这个春天。

而我一次次走向大海，向大海说出了喜悦而明媚的秘密。

我是那个早春二月的看海人。

晚上与深圳很多身价过亿的企业家吃饭喝酒聊天，大家五分钟之内加完微信，然后聊：怎么经营。

身价过亿的某总与众不同，他说："我每天研究天文、宇宙，家里有天文望远镜。"

你看，多好。他说人生 60 到 90 岁才是黄金年龄，他说数学和艺术混在一起才迷人。这样的人才迷人。

我又去观澜湖高尔夫球场，办张会员卡要 200 万，素心说要努力了。

那个高尔夫球场据说全世界最大，一眼望不到头的绿，这是深圳的好——来了便是深圳人，每个深圳人都是异乡人。有人在工厂流水线，有人在观澜湖打高尔夫，有人在湾区之光看摩天轮，而我在钟书阁翻到自己的新书。

我在海边看夕阳落下去，端着一杯出自深圳的"喜茶"，这个年轻的城市，这个有着生生之力的城市，这个让我感觉到年轻和喜悦的城市，我爱了。

生命的喜悦，才是一个人最好的免疫力。

一个人的生命力和生活力，更是最好的养生秘籍。

在南方，我这样告诉自己：余生，只和最爱的人、最喜欢的事在一起，有选择的生活，就是最美的生活。

感谢深圳这个城市赋予我的年轻力。

俄罗斯作家赫尔岑曾经说过：人来到南方就会觉得自己变年轻了，想哭、想笑、想跳跃、想唱歌。

我加上一条：想爱。

希望明年元宵，还在粤地，去听粤语，见故人，看春花，吃早茶。

年复一年，到老。

三亚记

我很多年没去三亚了，还有点奇怪，因为我这么爱旅行，几乎一直在路上——我居然六七年没去三亚了。

三亚像一个远房亲戚，不怎么来往，过年过节也不来往的那种，但提起来会说："哦，是有这门子远房亲戚的。"

癸卯年春节，据说中国有一半人奔向了三亚，当然是夸张，但也证明了三亚的热度。疫情结束时正是三九严寒，北方大雪纷飞，南方的三亚28℃，小雁南飞，是为找那一点暖。

我错峰出行。

抵达三亚时春节已过，在大兴机场上飞机，四个小时便从冬天到了春天。下了飞机就换了短袖，空气中是湿湿热热的味道，两个大字"三亚"悬在空中，我依旧觉得这不是我钟情的城市。

吴老师开车来接我和表妹，他多年前买了我的小说《刺青》的版权。

"今年能开拍了。"吴老师说，他来三亚有几年了，"来了，呼吸就好了，慢性病就没有了。"

几年前吴老师组织饭局，在北京东三环附近的一个泰国餐厅，好像是工体附近。

在席间我见到了少年时的偶像——齐秦，还有我同时代的作家——饶雪漫。我只记得齐秦先生不像想象中那样子，大概是老了，瘦、不高、黑，但眼神里有光，大家都叫他"小哥"，我莫名有些惆怅。那天晚上我喝了很多酒。

吴老师总能把这些人组织在一起，在三亚也不例外。

"你知道海天盛筵吗？雪老师。"

我知道，我们住海天盛筵这儿。

我们住的是一个五星级酒店，推开窗，在阳台上看大海里的游艇，有高个子美女在游艇上尖叫。

夜色弥漫上来。

三亚弥漫着游离的味道。

晚餐时席间有建了半山半岛的开发商，还有南京艺术家等等。不相识的人在一个桌子上吃饭有种说不清道不明的气场。

吃了几个从来没有吃过的菜。

胡椒根炖猪肚汤也真顺滑美味；还有来海南必吃的文昌鸡，只觉味道清新；海捕麻虾生猛新鲜；原味五指山牛肋骨很有咬劲；姜葱炒芒果螺和金蒜粉丝蒸元贝很三亚；椒盐海捕粉鳝脆而香；飘香南瓜烙甜而不腻。

最让我难忘的是韭菜红豆汤。

天啊，特别驴唇不对马嘴。红豆汤里飘着韭菜，喝下去，是说不出的滋味。也不是神魂颠倒，只觉得异常奇妙，像两个不合适的人结了婚，就那么结了婚。

甜品也精致美好，有养生雪燕粥和斑斓糕。

这一夜似乎是夏天，我们穿着短袖在阳台上喝茶、聊天、抽烟。海里的游艇很美，窗外的椰子树被风吹得像撩人的男子，树叶簌簌，负氧离子这么多，我睡得很甜，连表妹打呼噜我都忽略了。

杰西卡在我朋友圈冒了出来，去年冬天她给我留言：小禅，来三亚过冬天吧，你的咳嗽会好很多。

连续三年，每到冬天我都咳嗽，而且咳得很厉害，有时竟然要咳一个冬天。

我终于见到杰西卡。

她的耳环是翡翠的，有年代的翡翠。

"这是我奶奶给我的，我奶奶是大户人家的小姐，爷爷是日本早稻田大学毕业的，他们的子女都没有比得上他们。"

她一个人在三亚，女儿在墨尔本。

她眼神里有很坚定、很坚韧的东西。

她穿旗袍真好看，笑起来还像女孩子。

尽管已知天命。

"我们去吃海南椰子鸡。"

服务员用三个大椰子倒出椰汁，把椰肉舀出放锅底。配料有马蹄、竹荪、红枣、枸杞。椰子鸡蘸料有沙姜、小青柠，加小米辣、生抽、蚝油、香油。

这家椰子鸡叫萌哒哒。

鸡放进去三分钟就是最佳口味。

表妹说这鸡太嫩了，好吃极了。

沙姜的味道好特别，像初恋。

那天风大，我们在海棠湾看花看海。

海边全是五星、六星级酒店——亚特兰蒂斯、香格里拉、威斯汀……

私域的海边人少、风大，卷起千堆雪的海水咆哮着。

我在海浪声中唱了一段戏，对，《春闺梦》，可怜无定河边骨，犹是春闺梦里人……

三亚的空气中有慵懒而迷离的味道，还有低调的倦怠。来到三亚，就是阳光、沙滩、大海、椰子林……仿佛一望无际的自由，又仿佛一望无际的寂寞。

网上有个段子，说三亚是"黑龙江省三亚市"。东北人的确太多了，满大街都是。开餐馆的（三亚的东北饭店太多了），开滴滴的……去最热闹的亿恒集市，夜晚的风吹过来，仿佛到了东北——东北话、东北烧烤、东北小吃、东北炖菜……有两个东北人吵起来了，周围的东北老乡说："别吵吵了，让人笑话咱。"

她在三亚开滴滴，46 岁。19 岁结婚，20 岁有了孩子，因为父母哮喘便从黑龙江农村来到三亚。

"不来不行了，那边冷，零下 40℃，一到冬天就是喝酒吃肉，村子里都是弹了弦子的人，一拐一瘸，都不大，50 多岁就那样式儿了，我公婆爹妈都有病，一跺脚就来了。来了就对了，这三亚就是个大氧舱，百病全消，他们都好了。我跑滴滴，一个月挣一万多块，在家里顶多两千块，三亚的钱太好挣了，我知足啊。后来我大姑姐、二姑姐，我姐、我哥……全来了，齐聚三亚。三亚是东北人的天堂一样，反正我们一家是再也不走了，人不就为多活几年吗？疫情又过去了，多好的年头，我们就喜欢三亚。我们不会离开三亚的。"

他也是东北人，有严重的哮喘和风湿病。

"别人动员我三年来三亚，没有动过心，我在哈尔滨有不错的工作，后来离婚了，一个人跑到三亚来散心，发现哮喘居然好了，风湿也好了，就再也没走。我回不了东北了，一回就犯哮喘……零下几十度，人的生命很脆弱啊。"

街上很多老人在喝"老爸"茶。

的确，喝过那么多茶，老爸茶不是太讲究，便宜、优惠，但，最抚人心。几块钱一壶，配几块儿小点心，聊天消遣，一坐一个下午。

年轻人也在喝老爸茶，还有海南绿茶、水满茶、苦丁茶、八宝泡茶、鹧鸪茶。对，每个饭店吃饭前都会上一大壶鹧鸪茶。这是一种奇特的野生茶叶，甘辛、香温，被叫作"海南灵芝"，治牙痛、痛积。

微甜的鹧鸪茶苏轼喝过没有？九百多年前他流放的海南岛，几乎是荒无人烟，他还有心情嘱咐儿子：这里的生蚝太好吃了，你千万不要告诉别人啊。这么有趣的人的精神活了将近一千年。

我想和苏轼喝杯鹧鸪茶。

杰西卡又带我们去椰梦长廊。

无边的大海，无际的椰子林。

杰西卡羞涩地笑，脸上云淡风轻："我有小我 10 岁的男友，但我还是我自己，走一天算一天，我喜欢我脸上的皱纹，我要活到 126 岁。"

我张着嘴："126 岁？"因为我曾说我要活到 92 岁。

"表姐你输了，人家杰西卡和你一样大，要活到 126 岁，你才 92 岁，你输了。"我表妹说。

"我再抻抻。"我说。

三个人笑得前仰后合。

中午去吃"小老弟糟粕醋火锅"，这名字奇妙而烟火。糟粕醋采用酿酒过程中酒糟发酵产生的酸醋作为汤料，外加蔬菜、海菜、动物内脏、贝类做成。

重点是，里面有黄辣椒。海南黄辣椒有异常迷人的辣，必须亲尝才知道。

糟粕醋锅底口感酸辣不刺激，和麻辣锅、冬阴功锅比起来，不夺人口味。搭配鱿鱼片、黑鱼片绝美。

我们还点了海南发财菜、炸响铃……海南的芋头好吃，又甜又面。

这顿火锅吃得爽味，因为是对着大海吃的。海风吹来，阵阵颓意，在三亚吃吃椰子鸡和糟粕醋火锅，也很美。

尽管我依旧觉得我和三亚隔着什么，是的，这不是我太爱的城市，我说不清为什么，像相男人一样，我没有相中三亚。

我钟情的城市是哪些呢？

上海、广州、杭州、泉州、潮汕是这样的，一到这些城市，有回家之感。

我依旧是三亚的过客。

下午去亚龙湾的一个别墅喝下午茶。

别墅出门就是大海和太阳湾网红公路。

很多五颜六色的跑车和美女。她们露着背和肚脐，坐在跑车里拍照，她们眼神里有狠狠的欲望。

别墅群里住着很多名人。推开窗便是层次渐变的大海，由浅蓝到深绿，窗外是热带植物，高大、茂盛、热情，像存在感极强的女人。

杰西卡在泡茶，大红袍。海风吹进来，吹得窗帘飞着。

"海边很腐蚀房子，房子长期不住会坏的，你看这门这窗都有点坏了。别墅区里很多空房，人都去国外了。"

"越来越多的人来三亚买房，我所在的城市很多人来海南买房，好像是种荣誉，但我并不觉得，我更喜欢住酒店，酒店更舒适。"我说。

"何处青山不埋骨。"我又说。

人应该不断去接触新的人和东西，感受这个世界的变化，去不同的城市，感受那个城市的气味、性格、人情、食物。

人在旅途中会分泌很多内啡肽。

陌生感和新鲜感令人愉悦。

我们在每个城市的街头看人，但每个城市又不一样。

"我喜欢探索每个城市的人、食物、风物……"建筑和食物的差异让我感觉到迷人和刺激。

"所以你一直在路上。"

杰西卡明朗地低声笑着，明明生活没有那么明媚。"我和女儿保持着疏离感，很好。"

这个下午多美妙，海风，老茶，远处的大海，网红公路，巨大的热带植物，两个中年女人，一切很三亚。

去了很多次宫满西廷，像杭州的外婆家、绿茶，广州的常来小聚。

人山人海，要提前排号，否则几个小时也吃不上。

已经不是海南菜，但味蕾证明一切。

嗯，好吃的。

翠绿莴笋我每次必点，莴笋明显用盐、糖、蒜、姜腌过的，又脆又鲜，切成小条，我每次欢喜地吃一碗。

樱桃鹅肝也好，看着像樱桃，里面是鹅肝。

海蜇脆的甜酸度美妙，粉藕炖筒骨清香，手撕文昌鸡美赞，葱油荔油芋头每次不剩。

重点来了，"滋滋有味大盘鱼"。不知用的什么料，轻、嫩、滑、酸、辣，都那么适中，我每次吃一盆，汤都不剩。

表扬一下大米：五常大米。我吃过的饭店中最香的大米，香喷喷，干吃都香。一口下去，心满意足。我是一个不爱吃米、爱吃面食的人。

饭后去对面大东海广场海边散步，黄昏的海真美——远处只有一艘船，船上的灯亮着。我和表妹对着远方的大海喊："春天的大海，你好啊。"

我在海边翩翩起舞，管他呢，随便跳就好。

我还加入了海边广场舞，对，这是我人生中第一次跳广场舞，我献给了三亚。

人生在世，看遍千山万水那么重要，不被年龄束缚，当下即美。

我在三亚的夜空下，在大海边，呼吸着湿润而芬芳的空气，又甜又咸。我忽然明白了很多人奔赴三亚，是为了那仍潜藏在心底的自由，对，不属于任何人，面对着大海，自由地微笑，冲到广场舞中去，浪漫地跳。

所以，买一张机票，来三亚浪。

长沙帖

长沙不能常去，是会上瘾的。

特别是喜欢吃的人，喜欢吃又喜欢吃辣的人，一入长沙深似海，整个城市永远都在热火朝天地吃饭一样，通宵达旦、灯火通明地吃，肆无忌惮、大快朵颐地吃——长沙是"吃城"，一想到长沙，味蕾都在分泌唾液。

晚来天欲雪，想念长沙尔。

《江山风月属闲人》首发式在长沙，我便又到长沙。接风宴是地道湖南本帮菜，菜馆名字叫"一家老小向前冲"。外面中雨，屋内十几个人吃着湘菜：辣椒炒肉、东安鸡、永州血鸭、浏阳蒸菜、腊味合蒸、干锅香辣肥肠、剁椒鱼头……他们说我比湖南人还能吃辣。

看似优雅文静的我，有一个江湖胃。

春雨，湘菜，长沙。一切是中年后的得味和自在。

薇是我的中年闺密。两年未来长沙，然而她寄来的长沙美味常有。腊肉、豆豉、腊肠、风干肉、剁椒酱……风物和美食成为我们的日常和美好。我看中一个条纹器皿，她便买了给我："小禅，我们这么爱美食，不用美器怎么行？"她与我同龄，但脸上少女的羞涩还那么动人，笑起来眯起眼，迷人极了。

中年还有这样对味的女友，荣幸。爱看她的家宴，每周饭菜都不一样，器物也不同，此次来长沙，吃她的家宴也是一个隆重的念想。

"小禅，得知你又来长沙，我做了攻略，省博物馆、烈士公园、植物园、樱花湖、湖南大学、岳麓山、橘子洲头……我还要带你去炊烟时代、文和友、笨萝卜、天宝兄弟、么子烤肉、东瓜山夜宵、渔人码头瞿记、昱龙大盆牛蛙……当然还有我的家宴……"

她说菜单已经改了很多遍了，只等君来。

这样的人间情意，令人动容。

3月22日上午，两个人春雨中相见，莞尔一笑。她穿着深蓝牛仔裤，紫红灯芯绒西服，里面的衬衣白得精致迷人，翠绿马甲好看极了，52岁梳了马尾也不显得突兀。

第一站在湖南省博物馆。我们看到了许多镇馆之宝：印花敷彩纱丝锦袍、人面纹方鼎、马王堆一号汉墓T形帛画、朱地彩绘棺……都是西汉时期的古物，不敢相信是两千年前的东西了。特别是素纱禅衣，瞬间惊艳了我。那薄如蝉翼，那款式（像是现在最时尚的设计师作品），这是辛追夫人的随葬品，蚕丝制造，没有衬里，没有颜色，丝缕极细，只有49克，真想穿上试试啊。看上啦，看上啦！

更看上的，是西汉的器物。坛坛罐罐，美得朴素，令人喜悦。盛饭的、做饭的器物，都有原始而有力量的美。两千年前的审美，不俗、雅致、拙朴。我在那些坛子罐子面前驻足良久，想知道两千年前谁在使用它们？

还有已成干尸的辛追夫人，荣华富贵的一生，真丝裹身，死后千年不腐，也是一世。

亦看了书画展，虽是碑帖复印件，依旧欢喜。

《松风阁帖》真美，董其昌的题跋也美，《三希堂石渠宝笈法帖》是好东西啊……

出来已是中午，买了茶颜悦色喝。觉得肚子饿了，决定去吃"笨萝卜"。

在湖南省博物馆看到古代的三个字"君幸食"，三个字美极了，如果将来开个小馆子，可以叫：君幸食。

但笨萝卜人山人海。

在长沙随便一个有名气的馆子吃饭都是人山人海。

对，人山人海。前面还有几十号、几百号、几千号，不奇怪。

我领了号，前面还有几十桌。

在春雨中看到打着小旗在外面发号的服务员，还有屋里拿着喇叭打着小旗安排客人入座的服务员，你简直以为是跟着旅游。

其实不过想吃个地道湘菜。笨萝卜是浏阳菜，浏阳菜是蒸菜，在浏阳，万物皆可蒸。

浏阳的烟花有名，蒸菜更有名——那一层层红辣椒，简直迷人。

要找烟火气，非长沙莫属。重庆也可，西安也可，广州也可，天津也可，成都也可。但长沙，应排第一。

酸菜炒粉皮，又辣又Q弹；香煎金钱蛋，鸡蛋被炸透后切片爆炒，好吃；干锅牛蛙，里面大片的紫苏叶子真惊艳（没有一个城市把紫苏叶子用得到处都是）。对，菜里到处是紫苏。还有紫苏腌桃子，好吃得紧。

醋蒸鸡酸辣味，紫苏蒸碎鱼头……算下来，人均30元，长沙很良心的馆子，吃饭时永远是人山人海。

后来又吃了很多家湘菜，以我的味蕾来判定，笨萝卜性价比迷人，菜品一般；湘菜天花板，我个人认为是天宝兄弟。尤其提一笔紫苏，没有紫苏，怎么能是在长沙呢？

持续中雨，但薇坚持去东瓜山夜市。

东瓜山肉肠、热卤、素捆鸡、花生苗、紫苏桃子姜……对，还有爱吃的烧辣椒皮蛋，不知辣椒为什么像一个柔软的女人，又嫩又筋，软软地和皮蛋在一起，一副好好过日子的感觉，妙哉。长沙几乎每家烧辣椒皮蛋都好吃，没有"踩雷"。

嗯，还有猪油。

猪油拌粉、猪油拌面，猪油仿佛化骨绵掌……入口即是芬芳，也妙也妙哉。

半夜又去了盟重烧烤。

人群沸腾，男男女女仿佛全出来吃烤串，人人举着羊肉串、羊腰子、凉啤酒，人声鼎沸里，春雨盎然。

那些迷人的路边摊啊，迷人。我们一家挨一家吃下去：盟重牛油、生煎、蒸饺、肥肠卷大葱……夜市里有人间烟火，夜市里有松弛又放纵的心。

23日便约薇去湖南大学拍照。两年前我和薇在湖南大学拍了一组照片，那时正是9月，9月的长沙依旧40℃，两个人流着汗拍完。那时她女儿还没有出国，1米73的女儿美得水灵又俏皮，一直陪着我们。助理小美看着这么美的湖南大学哭了，说下辈子一定要考上湖南大学。

一晃两年过去了。

"小禅，我们能超越两年前吗？"

"一定能。"

还是春雨，长沙的二月仿佛办了包月春雨卡，一直下。雨中的湖南大学美极了，想想儿子从这里毕业快八年了，当年送他来湖大的一幕还在眼前。你看，时光多快。

也记得来湖大讲座，我在台上讲，他在台下给我拍照，别人问起，他说："那是我表姐。"母子一场，也算有意义、有意思的记忆。

和薇两个人在雨中拍了湖南大学——湖南大学还是这么美，春雨还是这么缠绵，老树新绿，在雨中那老树更老，新绿更新，小禅更禅，薇更美好。

这一生，无非是许多个令人动人的刹那组成的。

而刹那，便是永恒。

我穿了米色风衣，黑色鱼尾裙。

薇穿了紫红色西服，水磨蓝牛仔裤。

我们相约拍到80岁，相约优雅地老去，更坚韧、更美好、更诗意。

我欣赏薇眼神里又坚定又温柔的慈悲，喜欢她又高又瘦又飒又自律的样子。

"小禅，你减十斤，我们明年再拍。"

中午打卡文和友。

雨天没有排队，居然顺利吃上了——文和友是长沙的饮食地标了，来过很多次，依旧热爱——那挤来挤去吃饭的样子让人很有食欲。

长沙口味虾、辣椒炒花猪肉、泡椒鸭掌筋、葱油糍粑、糖饺子、担子麻油猪血、三合汤……不来长沙，不知道食物的排列组合可以到这样神奇的地步。悄悄告诉大家一个秘密，三合汤中的山胡椒油简直绝了，对，只有长沙有三合汤。

而山胡椒只有在长沙才好吃。

"乍暖还寒时候，最难将息。"

如果有一碗加了山胡椒的三合汤，那么这个春天是难忘的。

又不能不要春天，又不能不爱美食，吃着、玩着、美着，半生就过来了。

"湿冷的春天需要一碗酸辣汤来驱散体寒，湘菜中的新化菜必须拥有姓名，嫩黄牛肉为食材，山胡椒油和醋调味，一口就打开味蕾的春天……"

这次文和友体验一般是因为天宝兄弟。原谅我边写边流口水，湘菜天宝兄弟真是绝，做菜已出神入化，对，碾压了文和友，至少在我味蕾上是这样。

我们排了两个小时的队——没见过那么多人排队，这次在长沙见到了。密密麻麻的人在等，当然年轻人居多——是不是中国的年轻人都来长沙吃小龙虾了？

而外面春雨缠绵。

终于轮到我们，已经饥肠辘辘。先点一份酸萝卜，立刻拿下我的味蕾。

就简单一个酸萝卜，上面放的辣油真香，那萝卜脆而酸甜，一入口，我服了——作为一个美食家和半个厨子，这是我吃过的小前菜的萝卜天花板。

皮蛋瘦肉粥比广州的要好喝。滚烫着的米香、瘦肉和皮蛋有了复杂的融合。

湘式血鸭更迷人，一口下去，五味俱全。

酸菜炒小笋，小笋像娇俏的女子，负责吸引。

浇汁皮蛋上面一层辣椒，又香又辣。

凉拌马家沟芹菜，拌得复杂而下饭，芹菜也这么好吃。

重头戏来了。

因为天宝兄弟做龙虾最出名。

绝味罗小宝龙虾，果然绝味。从厨房端到餐桌上，龙虾不失锅气，芥末和辣油味道混合在一起，有迷人的香。虾肉嫩滑，一口下去就满足，瞬间觉得人生值得。

姜辣油焖蓝龙更美味，嫩、香、辣……根本顾不得用手套，一个接一个。因为滚烫，更觉美味——这是我吃过的最好吃的小龙虾，目前没有之一。那么多人打卡天宝兄弟，人们的味蕾是欺骗不了的。

还有那些迷人的馆子，比如"烂屋子"。

去过的馆子还有地道的"沙码子"和"辉姐饭庄"，要去吃腰花和刁子鱼。

对，刁子鱼。

得强调一句长沙刁子鱼，鲜、嫩、滑、辣，油而腻。

我住处的楼下餐厅做刁子鱼是一绝，每天一份刁子鱼，配一个湘菜，要碗米饭——每次从长沙回来都要胖几斤，因为菜太下饭。

浏阳有个菜就叫下饭菜，香辣之外有说不清的细碎动人，吃湘菜是顾不得形象的。要埋头苦干，要一心一意，要心无旁骛，要像没吃过饭，要像饿了很多天。

那香辣真解馋啊，大汗淋漓、快意十足，没有湘菜，我觉得人生会无味。

静陀私房菜的粉蒸肉、牛蛙、毛肚，凌志家常菜的蒜子牛肉和蒜香排骨，陆幺陆家常菜的青椒氽牛肉、拌香干、凉拌腰花、土豆牛腩……这些菜让人觉得湖南人可真聪明啊，为什么所有食材都可以乱炒在一起，为什么乱炒还好吃？明明看着乱七八糟。因为仅辣椒就要用十几种，能产生复杂的化学反应，让舌头应接不暇——提到湖南，味蕾就提前打开。喜欢湘菜的女人，是热烈的人，是性格直爽又快意的人，是爱得浓烈的人。

再推荐几个馆子：黎大妈，坚弟，砣伢子。

吃了这么多天湘菜，终于到读者见面会了。

第一场在止间书店，在湖南大学旁。

全国各地的读者在春雨中涌来。

我不记得她的名字，她大概50多岁了，从贵州坐了火车过来，因为做了手术七天没有吃一粒米，还带着导管。

"我就是为了要见你一面……"她抱着我落泪。

还有管我叫婆婆的儿媳妇们，买了面包给我吃，香香的。我也不知道给大家讲了什么，反正笑作一团了。

止间书店创始人邹先生介绍我说："这是湖南大学学生的家属。"他瘦高，讲话速度快："你们别听雪老师的，湖南大学是有趣好玩。但湖南大学是985，特别难考，学习非常好才考得上呢。"

我给儿子拍了很多湖南大学的照片，他说：俱往矣，看今朝。

我和我的读者拥抱、交谈，感受他们的热情。写作是我生活的十分之一，或许更少。但我时刻惦记他们。

讲座结束时进来一位60多岁的大姐。

她急哭了："我去了另一家止间书店，人家说在这里，可是，可是雪老师你讲完了呀。"

"没事没事，"我拥抱了她一下，"我可以慢慢说给你听啊。"我们在休息室喝茶聊天。

"我本来是搞心理治疗的，但就是焦虑啊，看你的书令我平静。"

我握着她的手，感受她的喜悦、感动。

我也是同样的喜悦。

晚餐去吃湖南大学旁的"饭怕鱼"，名字真好，饭怕鱼。大概鱼太好吃，所以遇见鱼要吃好几碗。

依旧是地道湘菜，但在我品来，算中人之姿的湘菜。

穿过隧道，又穿过湘江，雨还在下，这春雨缠绵的长沙。

杜鹃老师约我喝茶，她说："来喝茶，雪老师，然后我们去喝茶颜悦色，吃费大厨。"

依旧是春雨。

我们围炉煮茶，枣香弥漫，栗子香也美，茶是正岩茶，来自三坑两涧。35岁的女子，脸上是从容和平静。

午餐去吃费大厨，它是连续四年登上北京湘菜热门榜第一的餐厅。

但长沙费大厨比北京费大厨好吃。

你懂的，那个特殊的东西叫"菌群"，湘菜离开长沙，还是要差些意思的。

没有长沙的水、长沙的空气、长沙的食材，费大厨也会"入乡随俗"。

我在我生活的城市也吃浏阳蒸菜。

尽管我一再嘱咐：照着浏阳的方法做，一定别偷工减料。

但真不是浏阳味道。

那个下饭菜，不辣；那个蒸鱼头，不辣；那个蒸排骨，不辣。

湘菜离开湖南，都入乡随俗了。

59元的费大厨辣椒炒肉：新鲜的青辣椒，土猪肉鲜切，铁锅端上来。写着：全国小炒大王。

湘辣热卤够湘够辣；鲜丝瓜焖蛏子肉，丝瓜嫩，蛏子鲜；小炒黄牛肉，要的是牛肉的鲜嫩滑；香芋蒸排骨，那香芋是真软糯。

酸辣海蜇头里有酸萝卜。

口味鸡爪是被一群辣椒包围着。

无辣不欢的城市啊。

吃了美味的湘菜，坐地铁去橘子洲。

他真会写诗啊——橘子洲头，万山红遍。

恰同学少年啊。

雨中橘子洲头。

一群女人在惊呼：他真帅啊。

又一群女人在惊呼：真帅真帅。

我打着透明雨伞，走在湘江边的风雨中，斜风细雨不须归——我有湖南人"霸得蛮"的一面。

我在湘江春雨中疾走，享受冷风。

我爱这瞬间的孤独美。

那些走过的千山万水，密密麻麻在我心里，偶尔出来蹦跳一下，便是平凡日子的好回忆。

第二场读者见面会，在德思勤 24 小时书店。

我穿了一身白衣，白毛衣上有粉花，白裙子，长到脚踝。

我抱着花跳着进场。

"这个春天，我们终于见到了。"

薇去花卉市场买了一抱绿白色相间的鲜花给我，像抱了一个春天。

第一场我请她上台发言，她紧张得说不出话来，手心里全是汗。

第二场她说："这次应该没问题了，小禅，你放心，我有准备。"

但，她又紧张了，大脑又一片空白了。

她说："全忘啦。"爱羞涩的女人真美，她脸红了。

读者见面会热烈极了，仿佛大家都灿烂起来了。

"雪老师，长沙的读者欢迎您。"

也不知道谁买的鲜花，被塞到怀里几抱，羞涩的女孩子跑掉了。

"雪老师，我爱您。"

那一抱抱鲜花，被我带回北京。

长沙的高潮终于来了。

薇的家宴。

不是一般的家宴。薇是美食博主，从小就喜欢做饭——长沙女子做饭都好厉害，她两个女儿也会做饭。

菜单改了又改。我说："薇，随便吃就好，只要是你做的。"

"不能随便，让小禅吃上我的家宴是我的梦想。"

那一大桌子菜啊——现在想起来还流口水。

她从早晨开始去菜场采购，到晚上家宴完成。

请看。

鲍鱼鸡，鲍鱼筋道，鸡嫩滑，一口就迷人；酱香牛尾，这个菜绝到无法用言语形容，第一次觉得牛尾这样迷人；松鼠鳜鱼，比苏州得月楼的好吃，又甜又酥；豉油鳗鱼，嫩香得停不了筷子；白芦笋炒火腿，是绝配；白灼罗氏虾，平时已经爱吃虾，再吃薇的虾，觉得是白灼天花板；四卜菜，荷叶饼，酸辣芽白，一个家常菜做得不家常，我眼见她翻炒了上百下；迷人的捣辣椒茄子皮蛋，真的比饭店好吃……

吃了人家的菜，喝了人家的茅台，抱了人家的猫，看了人家的花，这仿佛是我长沙的家。

我明明已经来了长沙十几天，却仿佛刚到长沙。长沙是贴心贴肺的情人一样，还没有离开，就缠着我、抱着我、黏着我说：还要来，要再来，要一直来。

四方五味

有巫气的云南

想想我居然三年没去云南了。

想念云南的天高云淡。一下飞机就有了凉意，大理两个字仿佛诠释着浪漫。黄昏的洱海边有海鸥起飞，一座暮光之城尽在落日余晖里，我刻意放了英文歌，天空中弥漫着云的味道。三年之后，又来大理。

入住山顶的"木田"酒店，主人老白修旧如旧，屋子保留当年夯土的老旧，加上铁艺、老木头，处处令人惊艳。

服务员戴黑帽，穿黑色衬衫和裙子，又增神秘和力量。

我心想：老白是懂氛围感的。老白毕业于中央美术学院，早年在北京，后来来了大理，再也没走。

第二日是我的美学课。

来自全国各地的室内设计师，在山顶茅屋内，看着云南的云，听我讲戏曲、建筑、书法、旅行……面前一杯茶，远处是云，然后是一群有趣的灵魂，美，永远是最高的生产力和竞争力。晚餐有烛光和爵士乐，大家一起喝红酒，夹杂英文、法文的聊天，香港设计师普通话不标准，但依旧动听。

黄昏的风从窗里吹进来，鸡尾酒、戏曲、相知的人……美妙的夜晚里，最难忘的是气息。

第二日去"圣托里尼"。这是网红景点，推开窗便是洱海，浴缸也面对着洱海，对着满天星空和洱海，我索性泡在浴缸中，放着戏曲，听着水声，看着星辰，这个刹那，妙哉。

午夜又在阳台上喝咖啡。很多人喜欢大理，是因为大理有一种"松松垮垮"的气场，也就是传说中的"松弛感"。

而松弛感是最好的养生。

丽丽自温州来找我，我们在大理古城相见，在古城的小馆子里吃菌子。她依旧靓丽、鲜艳、可爱。

我们闲逛，看云。

"好时光是用来享受的，特别是在大理。"这里都是自由的灵魂，而且自由的灵魂都带着异香。

有一种生活叫大理。

这里的灵魂自由、热烈，美得有光芒而不刺眼，明亮、生动，饱满又轻淡，岁月是加持，光阴是勉励。

决定和丽丽去岛上住。

已经晚上十点，我们打车到了很远的地方，黑夜里坐老乡的渔船，像 20 世纪 80 年代的台湾电影。

"我们在海上航行，看见夜空、灯塔、星空，还有飞起的白裙子。"我们吟唱着夜曲，到岸了。

是三轮车来接我们，这是小岛上唯一的交通工具。"嘣嘣嘣"，一路颠簸着、尖叫着到了我们的民宿。

已经快午夜，两个人洗洗睡了。

早晨起来，我拉开窗帘便惊到了，阳台就在洱海上，探出去的阳台就在洱海里，浴缸也在洱海里。

我对着洱海吃了早餐，又在洱海边悠闲散步。这些年一直人在旅途，爱上那种行走、尝试、发狂、惊喜。行万里路比读万卷书更重要，是更为美好而热烈的人生，是光阴更好的赞叹和感激。

"我是一只鸟，要一直飞。"我始终记得《阿飞正传》里的台词。

丽丽走后，我又住到大理古城里，一个人去了感通禅寺和寂照庵。

众人多去打卡寂照庵，我也未觉得有多美，庵内不过鲜花与多肉。但寂照庵院里与山坡上种满了无尽夏，我简直没有看过那么多的无尽夏，像发了疯一样开着。无尽，夏。

我来感通禅寺是因为"担当"，担当是我喜欢太久的画僧。一进古寺，便看见古松影壁上写了八个字：一笑皆春，古雪古松。那八个字太美了，我一时竟无语，慨叹中国文化和词语的妙极。古雪也就罢了，雪与古字联系起来也就罢了，足以令人心动了，又加上古僧，简直要击掌赞叹了。古雪古松多古意，偏偏一笑又皆春。我穿了浅粉上衣、白裤子，坐在古松下的影壁前，一个人：古雪古僧，一笑皆春。

古寺里无尽夏也灿烂，主持传慈法师刚从山上采茶回来："我们云南的寺庙香火不旺，留不住僧人，很多大寺庙来的僧人待不住，过几天就走了，我喜欢这里，因为有担当大师，小禅，你可以去山上看看担当大师的墓冢。"

我便上山，看担当墓冢。墓冢前有人献了鲜花，自有人几百年后还爱着他。艺术让人得以永恒。

感通寺后院种了蜡梅、山茶，还有两棵超过 600 年的茶树，僧人们保留了种茶、采茶、吃茶的习惯。对，当年徐霞客游历到云南，尝到了感通寺的茶，"绝与桂相似"，他说。

他是何以跋山涉水到了云南？

在大理，每天逛大理古城，吃白族菜，喝风花雪月冰啤。大理是用来浪漫的，好像不会浪漫要罚款。

白族菜好吃：酸辣鱼、白族米线、大理白族八大碗、白族生皮、乳扇……

对，还有水性杨花。

然后，我一个人去了喜洲古镇。

看到小红书上有人晒喜洲的麦田，我想去看那边的麦田。

热播剧《去有风的地方》就在那里拍的，我没看那个剧，也不知道那棵路边的网红树，就一个人在云南的小路上走着。

忽然看见了那棵树。

它远远地站在旷野间，天边的云在它的树冠上。它太大太老了，像一个老小孩一样站在那里。田里有农民在耕地，在陪着它。

麦子被收割了。

"你前几天来就好了""麦子刚收了"，我站在那棵老树下，看着收割过的麦田，觉得一样美咧。

又去咖啡馆要了一杯冰美式，坐在窗边看麦田。

咖啡馆的主人，一定是个有意思的人。

每个角落都放着老物件，像安放着恰好的孤独。

店员帮忙拍了很多照片。

"你们老板肯定是个有意思的人。"我说，一个空间是能体现主人品位的，我在这个喜洲麦田咖啡馆里一个人安安静静喝咖啡、看云、听歌，看收割后的麦田。

因为是9月，恰是大理旅游淡季，人极少，我一个人在咖啡馆待了很久。

步行去了喜洲古镇。

喜洲老照相馆有老光阴，街上人来人往，是松弛的气场。

简单、有趣、松弛、古老，这是喜洲。我在一个老馆子点了傣鱼吃，牛和马从窗前经过，是美的。

"来了有风的地方，自己也仿佛成了自由的风。"我这样写道。

在大理，我住在"大理的小院子"。

山坡下看去，是洱海。小院子里，种满了蓝花楹、三角梅。那些门前屋后的蓝花楹紫得灵动而飘逸，高大的树配着灵动的紫色，是叹为观止的美。

是不是整个云南都被三角梅环绕着？到处都是，粉艳艳地张扬着，一点也不内敛，就那么在各个角落肆意盛开着。

像陷入爱情的女人，一脸放纵，却又得意。

它不负责羞涩，只负责放肆。

晚上接到小桂子微信。

"小禅，你今天到了我的咖啡馆，你拍照的麦田咖啡馆是我的。"

你看，世界就这么小。有人把我发在微博的照片转给他，而我并不知道，那个有腔调的、开在麦田的咖啡馆是小桂子的。

我们认识很多年——是在微信认识很多年。

我只大概知道他本是公务员，然后辞职来大理多年，其他一无所知。

他约我去他工作室喝茶。

现在想来，哦，那真是美妙的一天。

我打车去找小桂子。"看见加油站附近那棵最大的三角梅就找到我了。"

那棵三角梅好像和天空接壤了一样，我穿过一屋子老物件（总有几千件），看见人到中年还有少年气的小桂子，看到了出现在朋友圈的一窗山水，看见他经营的生活和光阴，那真是相投的气场啊。

老器物，窗外是苍山，榻榻米上是老桌子。茶炉是用木头做的，一杯一盏都显得拙朴而雅致。

天边的云翻滚着，又大又亮，像棉花糖。

他从杭州辞职来大理已经八年，我们在一起八小时，谈了建筑、音乐、旅行、茶道……相同属性的人享受着最好的时光。人和人之间真奇妙啊，那种美妙的微妙气场，气息与苍山、云、茶、器物都相当。

又去院子里喝茶，云伸手可及，花也伸手可及。"我从不后悔辞职，我想要过这种生活，想自由如风，想要大理的光阴。"

"我旅行时去了很多地方，特别是藏地和四川，我特别喜欢四川，川南去过很多次，那山水啊，真美。"

"但人才是旅途上最美的风景，特别是有意思、有趣味的人。"我说。

"是的，有趣味、有意思的人会觉得比别人多活了几辈子。"

岩茶、红茶、白茶，一直喝茶，却发现到了中午。

"我带你去个馆子，好吃极了。"

开上车几分钟就到了。

一个爆炒牛肚丝，一个红烧牛肉，两个爆炒青菜。

菜的味道绝了。

因为挨着路边，尘土飞扬着，一会儿过大卡车，一会儿过拖拉机，声音巨大，仿佛电影。但菜太好吃了，我不免和老板打听用什么油炒的。

"香满园，要用好油。"他提出油让我看。

"你手艺这么好，为什么不去大理古城炒？"

"不清静，我喜欢好好炒几个小菜，钱够花就行了。"

后来回想起来，这是我来云南吃的最美味的一顿饭。对，没夸张。

午饭后我们回去继续聊，这么长时间的聊天很久没有过了。

小桂子开始讲他的收藏。

那成千上万件老木头、老器物，也不知道被谁使用过，上面的光阴的包浆真美啊。

我们说啊说，从他的器物说到我的器物，快黄昏了，我告别。他挑了一件老器物赠我。

"留个纪念。"

我爱不释手。"下次再来，小禅。"

"我很快就回来。"我说。

小桂子身上有干干净净的明亮气质，像一块沉香老木头，历久弥香。

植物男子，人到中年，似少年。

潘老师来大理接我去丽江。

认识潘老师夫妻快 20 年了，他们夫妻俩还像高中男生、女生，但已经有两个孩子了。"我们已经三年未见了，姐，我去接你。"

入住了锐在拉市海的民宿。锐姑娘我也认识四五年了，她之前在南京当公务员，后来来云南做民宿。"云南太迷人了，离不开。"她在云南结婚，生子，又离婚，然后历经疫情三年。这三年，我多次收到锐从云南寄来的苹果，又甜又脆。"姐，因为你说云南的苹果好吃，我便记住了。"

喝茶、唱戏、看花、看海，屋前看海，屋后看花。这是这个民宿的真实写照。那两棵巨大的三角梅，对，是全中国最大的两棵三角梅了吧，一直爬到屋顶了。整个房子的三层楼全开满了三角梅，不能不用震撼来形容。美，也是单薄脆弱的，人在巨美的事物面前是无力的，是被震撼和袭击的。

而房子前面，是洱海。院子里种满多肉和无尽夏，我在秋千上和小狗陨石玩，在花树下吃张姐做的土菜，管家小明瘦瘦高高的，也炒得一手好菜，笑起来还腼腆羞涩。

我的房间面朝大海，三角梅伸进窗里，阳光铺进来，风吹起白纱帘，我挂着的白衬衣飘进来，我手冲黑咖啡，放着英文歌，节奏舒缓。

我跑下去在海边跳舞，和吃草晒太阳的牛、马玩。

我给三角梅跳舞，手里牵着小狗，穿着喜欢的白裤子和蕾丝衬衣。

我坐在院子里看海。

我想念你。

小明带我去香格里拉。

我站在金沙江的虎跳峡，看江水咆哮——人在大江大河面前是卑微的，我愿意为壮阔的大江大河低头，我在江边吹风，听它怒吼。我把视频发给我的爱人、我的亲人、我的朋友，分享这壮阔。

"你看，你们看。"我喜欢壮阔，喜欢这奔腾，这热烈，这一往无前。

这梦中的香格里拉，这令人心动的香格里拉——我们穿越在藏区，那山峦，那雪山，那牦牛，那一排开花的树。

山寺桃花始盛开。行走在旷野上，突然看见一棵开满白花的树。我惊喜地说："小明，看。"

小明也跑过去："雪老师，是一棵白色野海棠呢。"

想起年少时读席慕蓉《一棵开花的树》：如何让我遇见你……我已在佛前求了五百年。

我欣喜至极，跑向那棵开满了白花的树，和它跳舞，给它唱歌。蜜蜂嗡嗡叫着，我爱着这棵树。

又去了香格里拉松赞林寺。风大，"小布达拉宫"有僧人唱经，风吹起经幡，那黄色的窗户里飘来诵经的声音。晒得黑红的女子经过我身边，露着一个肩膀，僧人经过我身边，我经过时间的身边。

海拔 3300 米了，而我像风一样自由。

我就这样住到了丽江，黄昏的时候去村子里散步，海边的老村子非常迷人，男人们聊天，女人们打牌，云南的属性是散漫的、迷离的、疏离的。

也去了沙溪。松弛，散漫。老戏台，老院落，有风的地方，猫，狗，老人，花朵，古屋，还没有过度商业化。去沙溪还怀了去先锋书店的心思，前几年我曾受钱小华先生之约在南京先锋书店总店和厦地先锋书店做过两场活动。记忆最深的是钱小华老师拿出手机给我咔咔拍照片，全是黑白照片，张力强极了——一个好的艺术家一定是一个好的摄影师，他拍出了我脸上纵横四海的表情。是的，纵横四海啊，那种得意忘形。

钱小华先生是典型的知识分子代表，书店也文气十足，一手文化艺术，一手商业版图，钱先生是有大智慧的人。

沙溪书店的美独特而迷人，欢迎各位亲自到现场体味——文化，永远是最迷人的味道。

钱老师特意安排 1996 年出生的小胡姑娘接待我。小胡姑娘面相极好，温润迷人的胖，有恰到好处的热情。她冲了卡布奇诺和冰美式，然后带我们上山吃饭。乘着乡土气息十足的三轮车，一路颠簸到山顶吃栗子鸡。我一边吹着山顶5月的风一边吃着火锅栗子鸡，现场十分烟熏火燎，一点儿也不文艺地大快朵颐。小胡慨叹自己简直是神仙工作，在山里书店上班，下班可以去村子里散步，薪水尚可，同龄人很是羡慕。而我慨叹人世间如此美妙，我简直是雪神仙。

约好了，明年新书首发式就在沙溪的先锋书店。

这些天，潘老师夫妇一直贴心安排着饭局，潘老师长相是活菩萨一样，他的妻子文老师是我喜欢的那种女人，朴素、温柔、坚定，永远开心大笑着。

每次潘老师都约我在古城88号吃饭，已经很多年了，都是古城88号。

"我有执念，因为那个屋子有一棵三角梅探到窗里来，每次来，都会想起雪老师。"

我们还吃了丽江最好吃的馆子"一步道味"，酸汤鱼和小炒黄牛肉简直是人间极品，吃到停不下来，写着都要流口水，我与助理吃过很多次，这次她没来，于是拍视频给她，她说："活不了，活不了，活不了啦，馋死谁了。"

四川人真会做菜啊，这个馆子在丽江开了十几年了，每天爆满，围着一桌子小炒牛肉和酸汤鱼，又辣又香又滚烫，哗哗啦啦的声音响彻整个屋子。我们更是顾不得谈话。

最后一晚，潘老师带我去吃据说丽江最好吃的三文鱼——沱江鱼府。

一帮人热火朝天地吃着，不仅有鲜嫩的三文鱼，还有鸡豆凉粉、纳西烤肉、丽江粑粑、米灌肠、黑山羊火脆。鸡豆凉粉搭配上花椒、绿韭、青葱、红辣椒、芥末……天啊，我能吃三碗。

我们开车在丽江星空下闲逛，花香袭来，这是美丽的5月，我们约定了7月8日在这里举办一场丽江读者见面会，那时的丽江才20℃。

"记得带件薄羽绒服来。"

写这篇文章时，正是端午，北京42℃，历史极值的高温。

锐说丽江正下雨，她们穿了毛衣在三角梅下喝茶。

我翻了翻天气预报，接下来的十天全是40℃。

我开始收拾行李。

我要去25℃的丽江避暑，我要去三角梅下喝茶，和故人聊天，带着陨石去村子里遛弯，在丽江古城看云和水车，去大理找小桂子聊天，再去吃阿美小吃，看着拖拉机从面前经过，然后伸手摘一朵三角梅，别在发间，微微笑。

重庆森林——烟火江湖，生猛重庆

"蓦然回首，那人却在灯火阑珊处。"这句话，是我献给重庆的。

我要和重庆开始我的黄昏恋了。这句话，我也表达给重庆。

连我自己都不相信，第十次来重庆，我才刻骨铭心爱上重庆，而且仿佛之前没有来过，像头一回，就像发现枕边人才是三生三世的爱人。

我退过三次飞重庆的机票。

这么晚爱上重庆，一定是缘分未到。2021 年订好去重庆的票，结果临时去西安参加一个活动，退票；2022 年四月又订去重庆的机票，结果被困在故乡一个多月，退票；2023 年五月又订了机票，结果我病了，丝毫不能动弹，高烧到 39℃，退票。

没有一个城市让我退票三次，重庆是唯一。

每次退了票都叮嘱马老师，不用来接了，去不成了。

马老师是地道重庆人，与我是多年好友。我每到重庆她都专人专车相陪，算来也已经五年不见。

2023 年 10 月 18 日，终于和表妹飞抵重庆，飞机一落地，我斗志昂扬地和马老师说："马老师，我终于来成重庆了。"彼此长舒了一口气，仿佛打破了一个阿里巴巴的魔咒。而我对重庆的沉醉，也让我明白三次退机票是与该爱的重庆早晚复相逢。

但到底爱上，不晚。

我少年时对重庆男孩子有说不清的怅惘，那少年是我的白月光，我在他笔下知道洪崖洞、朝天门、李子坝、磁器口……但无言的收梢是大多数少年人情感的结尾。我始终有淡淡的哀伤，提起重庆时有些许怅怅然，然而一切渐行渐远。时光的洪流真是迷人，我来到重庆后居然几乎忘掉那个少年，甚至一字未提——十七八岁时总会喜欢一个人，无论那个人是在重庆还是在广州、上海，你一样刻骨铭心，你爱的是你自己的青春而已。

下了飞机，黄色法拉利出租在等我们，个个风驰电掣。刚到酒店门口，正好有38块钱一碗的挑挑肥肠在，迫不及待吃一碗，天啊，一口就酥倒。

我要说重庆是美食之都你一定要相信，在重庆十天，没有踩过一个雷，随便吃，随意吃，任何一家菜馆、火锅，都能保证满足味蕾，否则，店在重庆能开得下去吗？

我和表妹入住江景房49层，外面是长江和嘉陵江交汇处，朝天门就在窗外，几抹云从天边掠过，长江索道从眼前飘过，整个城市飘着火锅的味道——中国唯一一个飘着火锅气味的城市。无论走到哪里，你深深吸一口气，然后会笑眯眯地说：这是重庆。

还有，映入眼帘的人山人海——我好久没见到这样浓烈的烟火气了，重庆热烈、喧嚣、人声鼎沸，且，是24小时如此，仿佛一个永远怀着热烈的人，说我爱！我要！我还要！

马老师及时出现，她说："小禅，你终于来了！立刻带你去吃土菜！"

重庆最江湖的土菜馆里，马老师为我们接风。这个重庆妹子火辣、漂亮、心直口快。口头禅是：我笑惨了。永远知道重庆哪里有好吃的，车技一流，像一个勇猛的赛车手，一把把甩过去，又帅又美。

"山城"并非浪得虚名，盘龙立交桥很多，人一天转不下来。重庆是中国最特别的存在，在交通上独特得一骑绝尘，没有之一。一会儿上天一会儿入地，明明在 20 层按了，却是别人的一楼。轻轨穿楼而过，回小区像长征，上坡下坡成为日常——重庆几乎没有胖子，吃再多火锅都没用，每天恨不得日行八万里，全消耗了。

且看迷人的接风宴：铜梁香锅兔（没有一只兔子能逃出重庆）、荣昌土货脆肠（我能保证脆肠又香又辣又脆）、永川耙猪脚（吃猪脚在重庆吃到眼泪横流，到现在写起来还深深咽口水）、鱼嘴尖椒鳝鱼（鲤鱼在江浙要做成甜口，略腻，我还是喜欢重庆这江湖的做法）、井口泡椒炒牛肉，对，那牛肉之嫩滑，简直前无古人后无来者。甜品是红糖糍粑，弥补吃了太多辣菜的胃，熨帖极了。小菜汤迷人，几根小青菜，大概只放了盐，青菜的味道荡漾，很贴人心——这款汤我在重庆必点，是吃了重油重辣之后的慰藉。

重庆菜太懂拿捏人的胃口分寸了，说辣时兵不血刃，说抚慰时柔情似水。重庆是活色生香，满城烟火，生猛妖娆，热烈妖媚，撩人于有形，馋人于味蕾。她是《新龙门客栈》中的金镶玉，她是那个性感泼辣却又妖娆的女人，她能吃辣，能江湖，能破口大骂，也能柔情似水，她想让谁疯，谁就疯。

我在重庆住了十天，我这么夸夸重庆的餐厅、路边摊和苍蝇小馆子吧：百分百好吃，包括任何一家江湖菜、任何一家火锅店、任何一家重庆小面，因为想踩雷太难了。

我在凌晨一点吃过火锅，凌晨两点吃过重庆小面，凌晨三点喝过蹄花汤，然后天亮了，又一个热闹的轮回开始了。

马老师家门口，有个开了二十年的路边摊，只卖7块钱一碗的重庆小面，摊主是一对中年夫妻，每天干到凌晨三点。路过的游人、居民，人手一碗，边吃边抽烟边聊天，对面是足疗城，24小时营业不停歇。

"在重庆生活久了，好像觉得哪个城市都无聊。"

重庆人这样说。

重庆是能解气解恨的城市，快意恩仇，敢爱敢恨，24小时不停歇地热烈着，没有倦怠——像此生热烈持续地爱一个人，永远沸腾着，像这一锅火锅底料。

市井气和烟火气浩瀚无垠，这个叫重庆的人迷死个人啊！

她绝不按规矩出牌，她性情火辣坦荡率真，她在江湖上游荡，喜欢火辣辣地挑衅，喜欢快刀斩乱麻。

我们去坐长江索道，嘉陵江和长江的风吹拂着我的短发，两岸烟火让我有些许迷离。我去解放纪念碑前发呆，在深夜的十字路口仰望这热烈。我去南滨路喝咖啡，显然这杯咖啡也有火锅的热烈，这绝不是外滩或武康路上的那杯咖啡。

可是，那每天行走在长江两岸的俊朗快意，那远山的迷幻，那雾都的性感，那满城的火锅，那山水之间的生猛妖娆，尽在有荷尔蒙和多巴胺的重庆，鲜活、生动、性感、快意。

那随处可见的小摊小贩——中年女人从蛇皮袋子里摆出青菜，哗啦一下倒在宝格丽门前，我直接惊掉下巴——这是我见过的最可爱的城市，奢侈品店前有卖青菜的农妇，蛇皮袋子和LV并不冲突，熙熙攘攘的人群通宵达旦在工作，洪崖洞永远人山人海，远看还好，近了无处藏身。

　　我们半夜爬上南山吃火锅，枇杷园里也是人山人海，如果你想感受热烈，如果你想知道一个城市的性感，如果你想被辣和各种美食包围，如果你觉得人生实无趣无聊，你试试来趟重庆，你试试。

　　没有什么是一顿火锅解决不了的。

　　在重庆 city walk，每天气喘吁吁，上上下下，边喘边爬边快乐——上不完的坡，爬不完的坡——怎么会有一个城市这么与众不同？它陡陡峭峭，它歪七歪八……每天像穿行于半空中，然后看着下面的车流，抬头一看，又有火车经过，8D 魔幻吗？还不够。

　　抱歉，我分不清重庆的路。抱歉，听说导航到了重庆也不好用。

　　但马老师是重庆"活导航"，带我们上天入地，到她珍藏的小馆去饕餮。

　　那个"老太婆蹄花汤"销魂啊。

　　一个快 80 岁的老太太，手脚麻利，声音洪亮，开着这家迷人的小店，给她打工的都是六七十岁的老太太，嬉笑之间，菜美、人有趣。三个人点四个菜，才不到 80 块，重庆物价惊喜到让人流口水。我到过的城市，香港、上海、深圳，物价是天花板之高，重庆是天花板之低，是性价比高到极致的城市。

　　终于，一个热气腾腾的人，爱上了一个热气腾腾的城市。一个沉溺于烟熏火燎和家常日常的人，爱上了烟熏火燎的城。

　　一个人那么热烈地喜欢一个城市，一定是这个城市有她的气息和味道，或者，她的秉性像这个城市。

　　别否认，我有时候很火辣——我嗜辣如命，在爱吃辣椒的程度上一直封神，有一次和山西大同作协主席王祥夫老师一起去品酒，人家请我们喝羊杂汤，上来一碗炸辣椒，我便唰唰几筷子吃了几口，王老师大为惊讶："小禅，如果你把这一碗炸辣椒全吃了，我就出去跳个舞。"

我心想，那索性再来一碗，让他跳两个，反正他是吹牛。

"再上一碗。"我说。

对，我五分钟吃完了两碗辣椒。他看得目瞪口呆，当然不会出去跳舞，直接说："中国最能吃辣椒的女作家，没有之二。"

那你说，我来重庆是不是投怀送抱？

和重庆相爱，是天注定。

这生生之力的城市，鲜活、生动、性感、生猛、有料、丰富、立体……请让我把最生动的动词给你，请你尽情在山水之间妖冶、生猛、火热。

你不讲任何规矩，你的山水是江湖气，你的火锅、小面、菜品也江湖，你的气息在江湖上游走，快刀斩乱麻啊，这浩瀚无垠的热烈，重庆一骑绝尘了。

长江和嘉陵江在这里缠绵交汇，像多情的恋人。我一个人，吹着长江和嘉陵江的风，爱上这座丰富、立体又迷人的城市。

而我最迷恋的，是重庆老街区的风物人间。

那市井浓烈啊——打铁的像生活在 20 世纪，弹棉花的是老电影走出的人，在"上新街"所在的老城区，有人嗒嗒踩着缝纫机，有人开着四十年的小店卖小面，满街的火锅和重庆小面，物美价廉，随便吃一家，不踩雷。

我也跑去南山上吃土菜，全是当地人在吃——100 块在重庆能上三四个小菜，在香港吃一碗方便面。

我不能原谅自己这么晚才爱惨了重庆，才开始这场黄昏恋——我最不熟悉的城市居然是我最爱的城市，抱憾啊！这世界上最大的城，这江湖妖娆，这性感跌宕的城市，这每天穿行于长江嘉陵江和山山川川的城市，这成片成片的重庆森林，这数以万计的迷人的小馆子，这椒麻鸡、豆花、酸菜鱼、担担面、蹄花汤、各种迷人的肥肠、粉蒸排骨、蒜泥白肉、猪拱嘴、兔头、香脆鸭肠、红油抄手、豌杂面、折耳根……每一道菜都长在了我的味蕾上。

吃"预制菜？"重庆人说："不。"因为他们习惯了那烫人、撩人的锅气！

重庆女人更迷人呀。

直爽、江湖、性情、妖媚，她真是一个迷人的妖精，她看似妖冶泼辣，实则大开大合江湖坦荡，她从不掩饰自己的风格并且引以为傲，她做起事情又兵不血刃，像那个小妖精金镶玉：撩人的同时又赤烈烈端出所有义气！

那种赤烈烈的暴力美学在重庆热烈上演。

还有在重庆的故事。

二十年前，我写了我的第一部长篇小说《无爱不欢》。

各大网站争相连载，点击率一直第一，有十几家报纸同时连载——女主人公叫林小白，男主人公叫顾卫北，如果他们结婚了，现在也奔50岁了。

封面上印着一句话：老来多健忘，唯不忘相思。

而故事发生地，就是在重庆。

很多细节我都忘记了——我写了一段生生死死的爱情，写了重庆火锅，写了长江、嘉陵江，写了我爱的重庆。

二十年后，秋夜。因为表妹的呼噜声，我一个人在解放碑前散步。

这是重庆的夜晚，微雨，美极了，有销魂的意味了。

我记得男女主人公在纪念碑前说要生生世世一辈子。

我现在知道，这也就是在此时此景下说出的动容之词。

谁还没谈过此生此世呢。

此生此世的只有当下即美，一个人抽一支烟，想念一个人，听一阵雨。

重庆的早晨开始得早，凌晨四点，早点摊开始售卖——重庆人真是吃苦耐劳。

我们还去了故宫南迁纪念馆。在长江边上，有人用故宫南迁时装文物的箱子装饰咖啡馆。

那是一个多么浩大的工程——1938年，行程两万里，南迁的上百万件文物没有一件丢失和损坏。

4栋文物建筑，1座缆车遗址，炮火连天中，知识分子的如金品质，见证南迁苦旅。

我喝了一杯咖啡，看着外面的滔滔江水。

亦去了湖广会馆。

也在长江边上。

这是重庆繁华商埠的见证，建筑雕梁画栋，湖广最早指元代湖广行省，相当于今天的湖北、湖南、广西、广东，人们习惯称湖广。当年商人们如何在这里吃酒、唱戏、谈生意……滚滚长江东逝水，浪花淘尽英雄。而今小禅在湖广戏台上唱戏，几度夕阳红，外面江水依旧。

金黄墙面与陶灰瓦片掩映交错，百年会馆里，我在唱着：这才是今生难预料……

哦，重庆。

食罢煮茶消日长

我在南山上寻三毛故居，在南滨路喝下午茶，在重庆的某个角落吃小面、火锅，在沙坪坝闲逛，去磁器口看长江、逛老街，在老巷子听川剧、看变脸，一上出租车，就听司机用重庆话打开话匣子……在重庆，别看距离，也许距离只有几百米，请打车。

马老师说，在重庆，每天走两万步是小事情。

还有，全国的夜市大同小异。但在重庆八一好吃街，没有重复的啊——冰粉、凉虾汤圆、酸辣粉、油茶鸡丝豆腐脑、烤脑花（脑花爱好者天花板）、手工酥肉（现场制作，麻麻的花椒味）、吴抄手、锅巴土豆、钵钵鸡冷串……你最好带一盒健胃消食片！

哦，还有那迷人的雾。

"勒是雾都。"

酒店49层外面是来福士，一会儿云里一会儿雾里，高楼耸立之间，霓虹闪烁出四个字：重庆，你好。

我与重庆本是旧相识，却刚深爱。

但黄昏恋恰恰好。

老房子着火才没救。

我要每年来重庆——吹长江的风，饮嘉陵江的水，吃重庆小面，烫重庆火锅，吃那最爱的江湖菜……

然后和老板嚷着：加麻！加辣！加重辣！

因为，这是重庆哩！

江西的辣

我订了去南昌的机票后发现，我十年没去南昌了。居然十年了。

十年前去南昌大学讲座，学生大萍和我去的，那时房地产行业如日中天，一个房地产老总自己搞了茶室，曰：无相壶。我得以认识茶人王云，她如清水芙蓉，身上是清清雅雅的茶气。

十年后她来机场接我，眉眼间有了英气："小禅姐，你十年没来南昌了，我带你去吃南昌的辣菜。"

我嗜辣如命，吃遍东西南北辣，我口味重，辣椒的味道浓墨重彩，在舌尖上异彩纷呈。辣椒明朝才传入中国，却大放了异彩，这真叫异彩——据说辣椒不仅过瘾，还有祛湿之功效，川菜七滋八味，湘菜香辣迷人。酸是俏佳人，甜是迷人少妇，苦是上了年纪无依无靠的老男人，辣是彪形大汉，一身腱子肉，一进口就是一场激战，和味蕾大战三百回合。

川渝的辣激烈动荡，因为有麻掺和着；湘菜的麻有缠绵，因为香占了先机；云南的辣有野气，江湖味重；贵州的辣是莽撞的，辣椒烧糊了，是朴实的香；西北的辣温和敦厚，不激不厉，负责香辣；江西的辣呢？江西辣是辣王本王，是负责治服每一个在江西逞能逞强的人。

王云有茶馆"九寸溪"，一进院子是满院柚子香，这是四月天，正逢柚子花开，九寸溪雅致，浓淡相宜，是王云的味道。她泡了"狗牯脑"给我喝，狗牯脑这名字真好，一款江西茶，产于江西遂川，因山形似狗头而得名，茶叶黛绿，表面覆盖白毫，泡在水里，像好女人遇见好男人，尽展舒颜。

然后去吃江西菜：瓦罐汤、莲花血鸭、三杯鸡、鸭三件、萍乡小炒肉……真的，我辣得直喝水——我绝不是不能吃辣椒的人，绝不是！我只在江西辣前服输！

江西辣会毫不犹豫浸到你骨髓里，然后直到心脏，然后到胃里面的每个细胞。哦，还有那个辣甲鱼！那个甲鱼又细腻又有弹性，我边丝丝哈哈边吃，我吃了三个江西的"辣甲鱼"，我又喝了三瓶冰镇王老吉，然后，我又趁着辣劲去了滕王阁。

我被辣到眼泪横流，很多外地人到了重庆、成都全被辣翻了，也有人进了医院的消化科，我到川渝吃辣，如入无人之境，还嘱咐："多放辣，我要重辣。"到了南昌，我反复叮咛："少放辣，普通辣即可。"

我就这样辣乎乎地上了滕王阁。这是王勃的滕王阁，他说"落霞与孤鹜齐飞，秋水共长天一色"。我上了楼，推开窗，看见千年前的江水，在这样的暮春，喝老茶、吹江风、听老戏，窗外有人唱歌，窗内有人弹古琴。

这是我的春江花月夜。吃了一肚子火辣辣的江西菜，在滕王阁，寻找千年前的信息，然后呢？

然后回到酒店我就发了烧——吃得太辣、喝了冰汽水、吹了江风，我烧到 39℃。

然而我继续吃。

你见过饭店叫"两室一厅"吗？对，就是在居民巷子的两室一厅，然后我在暴雨中吃了红烧鸡脚、罗氏虾、铁板卤猪手、鸭三件、秘制小甲鱼……我还逛了大士院街、羊子巷、珠宝街……我买了南昌的藕片吃，辣得看着雨水直哈哈……我发着烧在南昌吃着江西菜，喉咙全肿了，我朋友说我这个年龄真是太赞了——我总忘记自己年过半百了，这太可爱了。

更可爱的是，上一次来南昌我天天要去八大山人纪念馆，并且写了很多文艺的文章，这次来南昌我天天问王云："云，哪里有更正宗更江湖的江西菜，我们去吃……"

顺便说一句，我去了王云的家，一个充满了茶气的家，装修简单、干净，一物是一物，灯光用得极高极，仿佛在一个极度安静有腔调的私密空间里喝茶、聊天……这么多年行走江湖，千千万万的房子都看过，我只想拥有王云这样一间屋子——屋不大，器旧而有包浆，灯暗又有调性，沙发在墙角温柔地等主人，处处是静谧，桌子上兰花开着，雨下着，王云在灯下泡茶，美得心惊——她才30岁，可是灵魂50岁，那谈吐之间，没有风霜，只有雅致。

她嗜辣如命，也不节食，腰肢细细的，我想这是江西女子江西辣，于无声处定风波，辣得放纵而销魂。够了。

下笔便到洛阳城

我一想到洛阳，心里便盛开了一丛壮阔的牡丹。

其实我是早秋去的洛阳城，但心里觉得是去的千年之前的洛阳——那满城的牡丹盛开绽放，以骄傲和富贵的气场迎接着我。

洛阳，这两个字读起来就负责美吗？它发出一声古韵——历经一次次战乱，洛阳从神都、东都终于变幻到今天的洛阳。

然后，它开枝散叶，世界各地有多少洛阳桥？那些衣冠南渡的古人，带着洛水的腔调来到南方，很多的福建人、杭州人祖籍是河南洛阳。福建农村的家谱中，赫然写着：洛阳，然后写：颍州陈氏。

当然先去龙门石窟。窟龛2345个，造像十万余尊。我明明应该震撼，却有少许遗憾——是的，它不如云冈石窟震撼。云冈更苍茫、更原始、更有文化侵袭而来的立体和野性。

龙门走向了汉化、柔美、慈悲。

我爱上过历史上的一个皇帝。是的，北魏孝文帝，这位拓跋宏先生，这位鲜卑族男人，开疆破土，胸怀壮阔，海纳百川——他仿佛带着使命而来，用前所未有的勇气和力度大刀阔斧地和时光开战。从云冈到龙门，从平城（今大同）到洛阳，他命令从平城迁都洛阳，让大臣与汉人通婚，说汉语、习汉字，最后，这位君王32岁驾崩于谷塘，葬于洛阳。

这个"仰光七庙、俯济苍生"的男人，以一己之力推动历史洪流，为中国迈入大唐做了最有力量的铺垫。

四方五味

龙门石窟，一抬头的瞬间，我看见了她。哦，那是武则天，她真敢呀。

那是她的"报身像"，按她的模样建成的——高 17.14 米，头高 4 米，耳朵长 1.9 米，一双秀目灿灿，双耳垂到颈际，身着通肩式袈裟，圆融和谐之下，是盛唐气象，是洛阳气象。

我拜了又拜，求了又求。时光仿佛回到千年以前，而洛阳，已不是当年的洛阳。

我写不出它的繁华——因为繁华已不再，那暗夜里旧的街巷：若问古今兴废事，请君只看洛阳城。

而我是洛阳的故人，来到我想象中的洛阳城。

"那堪好风景，独上洛阳桥。"

那些关于洛阳的传说啊，洛阳纸贵、洛阳亲友如相问、洛阳城里见秋风、春夜洛城闻笛、洛阳三月花如锦……

中原忆，最忆是洛阳。

悠悠洛阳道，此会在何年。

在何年？在小禅的今年。

秋风不相待，先至洛阳城。我闻了闻洛阳城的秋天味道，是应天门的味道，是洛邑古城的味道，是隋唐大运河那些往来船只的味道。

我甚至能想象千年之前的繁华——那是一场梦华录，那满城烟华，那络绎不绝的人群，那大运河上来来往往的船只，那万国来贺……

而她骄傲从容地笑着。

白马寺，中国第一座佛教寺庙，建于东汉永平十一年，那佛教的经书历经万水千山从印度到了洛阳，便有了白马寺。

白马寺的古松好。但不如山西寺庙的古松古，不如我想象中完美。

洛阳美食别辜负。

好朋友说："你如果只在洛阳住一个月，你是看不起洛阳美食。"

当然，水席第一。汤汤水水的洛阳水席和牛肉汤遍地都是。

素菜荤做，满席汤水，这是洛阳水席的特色。

24道洛阳水席：前八品、四镇桌、八大件、四扫尾。

牡丹燕菜简直是头牌中的头牌，那朵牡丹花是萝卜雕的，美极，里面的萝卜粉条让你吃出山珍海味之感。

连汤肉片：以精瘦肉为主，木耳、金针菇、大绿豆，肉片和汤连在一块，粘粘连连，缠缠绵绵，好吃到失语。

焦炸丸子更别具风味，将粉条水发后切碎，加调料、面粉经温油炸第一遍定型，热油炸第二遍炸焦，趁热浇汁，滋啦一声，舌尖立刻分泌口水……

蜜汁八宝饭是饭后甜品，香甜软糯至极，上品也。

还有洛阳酥肉、洛阳氽丸子、洛阳熬货……洛阳海参是用红薯粉做的，外形像海参而已，河南人民对粉条的热爱登峰造极。

洛阳当地的美食家马老师带我去吃浆面条火锅。在一个热闹的广场上，人山人海，都在吃着浆面条火锅。

"我小时候总听见有人走街串巷卖浆水，闻起来是馊馊的味道，但其实是绿叶发酵的，下一碗面条，再放上爱吃的蔬菜，一碗热乎的浆面条下肚，万事皆美。"

还有糊涂面。

我的前任助理小牛是河南人，爱吃糊涂面，大量的姜炝锅，放西红柿、芸豆角，放上面条时还要搅拌上面粉。我们这里爱吃清汤寡面，放上葱花，清清亮亮一碗热汤面。她不，她吃一碗糊涂面，搅上面粉后这

四方五味

碗面又稠又浓又混沌。我起初甚感不适，后来居然觉得不错，来到河南后入乡随俗，也吃糊涂面，边吃边赞。

豫菜河南饭，稍显粗糙，但有烈烈烟火味。我爱人世间的潦草和热烈，以及顾不得高级和诗意的贴心贴肺！

还有满街的牛肉汤和胡辣汤。

还有烫面角、小碗汤、粉蒸肉、河南烩面、不翻汤。

我喝了不翻汤，感觉一般，韭菜莫名其妙地鲜跳。

遍布老城、瀍河区大大小小的汤馆……民主街的李记馄饨烫面角、化三驴肉汤、邢家肉素锅贴、五香烧饼鸡血汤、兴盛德花生酱、鸭酱、鸡兔腿、沙家酱牛肉……抱歉我写不下去了，我馋到流口水。

洛阳物价温暖感人啊。

街边烙菜馍的老太太70岁了，边做边唱豫剧，五块钱一个的菜馍，又香又野味，我站在她旁边，吃完一个，再来一个。

还有胡辣汤、肉盒，家家不同味——我从开始不喜欢胡辣汤到迷上胡辣汤，而且，尤喜方中山。方中山的牛肉盒子真是夺人心魂的美食，我在北京和杭州都排队吃过，要排很长的队。吃到河南美食，胃里有一种妥帖，精神上有一种依靠——河南，是母亲做的食物的感觉，是温暖的、敦厚的、可靠的。

那牛肉汤各家与各家不同，但都是贴心贴肺的好喝——一个汤汤水水的城市，开店如果汤做不好，是混不下去的。

我喜欢洛阳的烟火人间——牡丹曾是故人事，这个城市的街边小巷，有红薯叶子饼、芝麻叶子饼、菜馍、肉盒、胡辣汤……有老百姓够得着的烟火。

洛阳有 100 多座博物馆，是地地道道的博物馆之都：洛阳博物馆、大运河博物馆、二里头夏都博物馆……洛阳人说，谁家还没有三件两件古物，从前地里随便一刨，便是文物的世界和海洋。

三千年的洛阳城，岂是淡淡一笔两笔能写得？那风水曾泼天淋在洛阳城，万里黄河跨越千山流到中原，河洛文化铸造出神都，唯有牡丹彰显其芳华。

古代为官不过八个字：生在苏杭，葬在北邙。能葬于洛阳邙山，是他们追求的归宿。

邙山墓葬数万座，24 位帝王长眠于此，还有数不清的风流人物：吕不韦、南唐后主、诗人杜甫、书法家颜真卿……那把风靡全世界的"洛阳铲"挖出了多少秘密。邙山是中国史册的无字天书，而洛阳，是开着牡丹花，看着大运河往来舟楫的故人，它站在龙门石窟前，看着武则天的手拈花一笑，轻轻说：我，就是神都洛阳。

西宁九日记

23 日

西宁，我又来了。

距离我上一次来西宁已经十几年过去了。那一年朋友和她的孩子在西宁出了车祸，我坐半夜的飞机来西宁帮忙，还记得那时的慌张和无助。也记得是十月份，西宁很冷了，她男人的鞋子破了，我还给他买了一双鞋（我记得这么清楚，是因为我这辈子只给这个男人买过一双鞋）。还记得那时被救回的说是已经没救的孩子。这些仿佛是昨天的事情，其实十几年已经过去了。

西宁到底是凉都，今天才 18℃。入住酒店时还获赠了青海的酸奶，好喝极了。

我穿了厚衣服，走在雨里，这是一个少有空调的城市。雨中去了莫家街，吃了炒面片和酿皮子，仿佛还是多年前的味道。西北的辣子极好吃，香而不辣。

还有烤羊肉、肋巴、酿皮、牛肉干、馓子、酥油糌粑、甜醅、杂碎汤、羊肉串、羊杂碎、甜醅儿、麦仁饭、麻食儿、拉条子、揩面片、凉粉儿、凉面、手抓羊肉、粉汤、熬饭……都是西北特色，我眼大肚小，吃不过来。

我还记得多年前我在西宁骑自行车，裙子飞起来，朋友尖叫着喊：

"雪小禅，你裙子都飞起来啦！"

也恍如昨日。

买了一个巨大的烤馍，全是胡麻油的味道，又怪又好闻。街上很多女人围着黑头巾，露出两只眼睛，深邃而动人。西宁人说话像唱歌，尾音加个"撒"字，又短促又美妙的美。

你看，我刚在彩云之南，现在又在西北之北了，这河山的可可爱爱，先轻描淡写几句。

24 日

昨天刚落地西宁，晚上就收到了很多西宁朋友的私信，她们说："小禅，你终于来西宁了！我们想见你，想见你，想见你！"这私信里，包括冰冰和秀玲。

她们早晨来酒店接我，然后去工作室喝茶聊天。前几天她们喝茶的时候聊到我，无意中说："要是小禅老师有一天坐在这里和我们喝茶多好。"昨天晚上她们刷抖音，惊叫着说："天哪，小禅老师真的来西宁了！"她们说自己也没有想到，前几天说的话成真了。

我们中午吃了地道的青海饭，陶姐专门为我烙了"狗浇尿"饼，这个名字生动到让人赞叹，还有"破布衫"汤，那是只有青海才能做出的青稞汤。

秀玲的弟弟海林老师是青海大学的教授，诗书画的天地里，养出一身文气。他赠我陈海平老师的好画，说这是青海最好的画家，人民大会

四方五味

堂青海厅的山水画就是他画的……我们天南海北地聊，颇为相投，因为我在大学的讲座多，几乎去过所有 985 大学做讲座，两个人的共鸣就多一些……茶意未尽，便约了下次吃饭喝茶。

西宁人的心是滚烫的，热乎乎地捧出来，洋溢着西北人的热情：小禅，你吃呀，你喝呀，你想去哪儿，你说呀！

每个城市有每个城市的风物人间，方言、食物、味道、风物……迥然不同，所以，看世界才有世界。

今天西宁 22℃，阳光灿烂，西北话像唱山歌，好听哩。

炕羊肠好吃，那膻味，很顶。下南关好逛、好玩。

路边遇见买花的女子，她美极了，在街头看到这样的景象，是西宁的浪漫。

黄昏的时候我们在东关的大清真寺听钟声和诵经，暮色里诵经的声音悠远而辽阔，宗教带给人的神秘和幽远难以用语言表达。我坐在台阶上看着大清真寺的屋顶，凉风吹过来，无限感慨：因为工作的关系我能到全国各地出差，走过了千山万水，看到风物万千的不同城市。西宁的确没有大城市的繁华，也不洋气，却有一种贴心贴肺的家常，我说不清那是什么，但觉得是踏踏实实的肯定，西宁是一个老实本分的人，认真地做着每一件事情。西宁的风吹过来，是凉爽的、清澈的，这是夏都，这是西宁。

"真主啊，求你为我们打开慈悯之门吧。"

这是我在东关大清真寺看到的一句话，送给我自己。余生很美，愿，慈悲喜舍。

25 日

算来上次来塔尔寺已经是十五年前了，但仿佛昨天才来过，可记忆里也模糊了起来。远远看见塔尔寺的时候，我心里一紧，仿佛看见十五年前的自己在转经筒前不停转经，先有塔，而后有寺。宗喀巴大师说，你唯一的任务就是成为一个幸福的人。

相比十五年前，我更加虔诚地相信信仰的力量，内心的力量，没有人能阻挡我幸福的脚步，一直向前，成为一个散发光芒的人。塔尔寺的壁画、堆绣、酥油花，被誉为寺庙三绝，但最让我难忘的是吃了丹曲师傅亲手做的糌粑。

丹曲师傅已经在塔尔寺待了四十年了，他带着我去参拜，我点了一盏灯，我默默许了一个愿望，那是只有我一个人知道的愿望。"到了青海，如果没有来塔尔寺，那就等于没有来青海。"那些在长廊底下磕长头的人，心中怀着怎样的信念？我在阳光下看着他们，我在心里也给生活和光阴默默地磕了长头，感谢生命中拥有的一切，特别是你，特别是你们。

在塔尔寺，还突然被粉丝认出来，她惊喜地跑过来，我惊喜地拥抱住她，没有早一步没有晚一步，我们在塔尔寺就遇见啦！这真是天大的缘分！谢谢你在人群中一眼就认出了我！可能是因为我个子太高啦！

中餐去了西宁有名的茶餐厅，青海的美食真是有特色，牛羊肉肯定是天花板。手抓羊肉简直太嫩了。西宁的朋友喜欢凉了吃，说爱吃"冰抓"。冰抓这两个字用的真妙。

大碗茶叫"碗子"，碗子是青海人餐桌上独具特色的品茗器具，由碗底、碗子、碗盖三部分可分离的瓷器部件组成。碗子的泡材，称"八宝"。其实这些泡材无一可称之为"宝"：绿茶、红枣、桂圆、冰糖、核桃、枸杞、葡萄干和芝麻，极其普通而已。把日常普通的食物，放入雅致的碗子时，食材瞬间就显得优雅温和起来。

今天又吃了狗浇尿饼，我迷恋香果和胡麻油的味道。西宁是碳水之都，那青稞的花卷，放了油麻籽，又蘸了胡麻油，好吃到让人头晕目眩，我炫了三个。

我走遍了万水千山，也吃了个东西南北，我的味蕾遍布着四方，酸甜苦辣，都得我意也。我感谢自己有一个铁打的胃，让我能适应天南地北的饮食。

26 日

青海省博物院真是太好玩了。

镇殿之宝倒没有给我太大的惊喜，我主要是看上了人家的坛子。那可是五千年前的坛子呀，拙朴、简单，又高级又厉害，我觉得现代人根本创造不出这么素美、这么袭击人心的坛坛罐罐。

难怪沈从文先生研究了半辈子。

我真想占有一个呀，我这么想的时候就告诉了我的朋友，我的好朋友说："可千万别，否则你在青海管吃管喝 15 天。"我乐坏了，我的意思是我想拥有一个复制品，没错，我又看上了人家博物馆的坛子。

我儿子经常语重心长地说："你可千万别往家里搞这些个破坛子、烂罐子了，我将来坚决不继承。"哈哈。

但，谁管得了谁呢？

谁还没有个癖好呢？

27 日

今天在西宁去朋友家吃了家宴，有人说家宴是最高规格的款待。

金莲从昨天就开始采买，新鲜的水果，新鲜的羊排。我能看得出她激动到手忙脚乱，她曾经做过副县长，也是见过世面的人，但那种惊慌让我十分感动。

"小禅老师，我给你买了新拖鞋，还给你买了一次性的马桶垫。"这些猝不及防的细节是这样隆重。"我的梦想就是给你做一桌地道的青海饭。"

先上来的是用茯茶、地椒、牛奶加盐熬制的茶，好喝极了。然后是厨房里的热火朝天——洋芋炕羊排，那个锅使几十年了，她的母亲留下来的。还有三黄鸡，还有麦穗饭。她说我来得正是时候，只有这个季节才有鲜麦仁，高原的麦子熟得晚呢。麦穗饭太香了，还筋道，还有麦子的清香。

那一大锅炕羊排，整整用小火炖了两个小时，金莲的盐放少了，"雪老师，我是太紧张了，我平常做得可好了"。滚烫的羊排和洋芋在锅里荡漾着西北人的热情，她还拿出了珍藏了十年的好酒，"是外甥女从意大利带回来的，我一直舍不得喝，要给最尊贵的小禅老师喝"。

从一进门到离开，我的心里一直波涛汹涌，被这样隆重地对待和诚恳地接待，这是怎样的情意。送我时她一直紧紧地拉着我的手："小禅老师，下次可不能十五年再来一回了，要一年来一次，我下次一定把洋芋炕羊排做好，绝对咸淡适中……"

28 日

天下黄河贵德清，到贵德看黄河是我多年的夙愿。

远在青藏高原的贵德藏族自治州与我有着某种特殊的因缘，我的好朋友多年之前嫁到贵德，其间与我又有种种故事连接，我虽然没有到过贵德，却仿佛又来过贵德。

今天秀玲老师开车带我到贵德看黄河，雨中的山路格外迷离，远山如画，如露亦如电，我到了黄河边，看到了贵德的黄河，果然是清亮亮的黄河水，我无数次在别的地方看黄河，都是奔腾的、咆哮的、浑浊的黄河水，但贵德的黄河清亮亮，美得清澈而厚实，像腼腆羞涩却又有内涵的青海人。

我在黄河边走了很久，看着远山，看着黄河，看着时光。

我以为我到了贵德会百感交集，但我十分平静，这也许是时光给予我的恩赐。我和秀玲吃了贵德饭，那些刻骨铭心的往事，在我心中早已经轻描淡写。

我们路过了一片麦田，青藏高原气温低，麦子刚半熟，九月份才能收割。油菜花刚开，杏子也刚熟。我欢呼着尖叫着，在雨中，那些麦穗沉甸甸的，却又挺拔着。

关键是那山太俊朗了，那是青藏高原的山，远山下的麦田格外有诗意，我便给麦田跳舞。这是在青藏高原，海拔3000多米，我有点气喘吁吁，但是我欢喜。

海拔越高，景色越美了。我们的车开得很快，放着动听的音乐，秀玲的驾驶技术无疑是最好的，我夸她在司机里是顶呱呱的。两岸的青山呼啸着掠过，这是青藏高原的山。秀玲说以前有句老话："青海的山上不长草，青海的姑娘不洗澡。"

青海人告诉我说，气温太低了，洗澡太冷了，以前有人一辈子只洗两次澡，出生一次，死亡一次。

我想旅行和生命的意义都在于找到未知的喜悦，生命的底牌要抓在自己手里，底气是自己给的，对生活有敏感度的人最幸福，有趣比有意义重要多了。而见山川见大海见自己，这一路上不停和山川河流对话，在宇宙的时间和空间里，要找到那份大自在，特别是在美丽的青藏高原。

29 日

我记得我读初中的时候，青藏高原和祁连山就是一个名词，或者一个想象空间。这几天一直行走在青藏高原上，我承认我的肺部承受着高原的压力，因为氧气少，我的睡眠受到了干扰，平常倒头就睡的我半夜时常睁着眼睛。

秀玲说今天让她的发小冯先生当司机，因为要在青藏高原上日行千里。冯先生车开得好，又快又稳。冯先生话少，但车里放的歌好听极了。我们盘旋着上山，海拔 3000 米了，海拔 4000 米了，海拔 5000 米了。

秀玲是地道的青海人，确切地说，是地道的互助人，北山人，她首先高反了，说耳朵嗡嗡的。

我在海拔 5000 米的地方，把手伸到车窗外，冷风吹着我挥向云端的手，那些云好看的呀，我都不知道怎么夸赞它们了，它们轻飘飘地浮在山顶上，自己形成了一幅画，青藏高原的夏天呀，是明亮，是凉爽，是大朵大朵的云在婀娜多姿地游荡。

"我奶奶说，这叫长云彩。"

哦，还有溪水，还有牦牛，那溪水蜿蜒而来，那牦牛自由散漫。"它们简直太自由了，太躺平了，真想给它们报一个补习班，哈哈！"

我和牛说着话，和溪水说着话，我们到这个世界，不就是要痛痛快快地玩吗？做自己，尽情绽放！放松点，光阴的主角！

青藏高原的天气恨不得一时一变，一会儿丽日晴天，一会儿倾盆大雨。这样的青藏高原是值得敬畏的。我甚至对大脑缺氧的状态有些许的迷恋，晕乎乎地看着眼前的绝色，我舍不得打破这一切，因为实在像一场梦。

你知道我心柔软，你知道我心明亮。

青藏高原从书本里到眼前，活生生的青藏高原，还有绵延的祁连山脉，世世代代，光阴永恒。

"我小时候在山里住，我父母赶着马车，带着我和弟弟去爷爷奶奶家过年，山里下过雪的路很难走，很滑，但走在山里的路上，我们充满了欢喜。"秀玲慢慢说。她和发小回忆小时候山里的故事，仿佛是昨天一样。

冯先生是美食家，开了一天车，几乎日行千里了，又安排了西北最正宗的美食，尕胖的炕锅羊排、辣烤羊头、肚包肉、羊蹄……对，没有一个蔬菜，全是肉。他把羊的眼珠子给了我，我试了试，还是拒绝了，但我吃了羊脑子，又滑又嫩。

西北的羊肉太好吃了，就上浓烈的熬茶，这是西北人的日常，我撑到快扶墙了，却依旧口留余香，舌尖上仍然回荡着羊肉的交响曲，一波三折。

回来的路上，车里放的音乐是谭维维的《敕勒歌》，我突然被击中了：心随天地走，意被牛羊牵，天似穹庐，笼盖四野，天苍苍，野茫茫，风吹草低见牛羊……

我还有几天就回去了，但我知道，我的心，留在了青藏高原。

30 日

真的，尕张娃太好吃了！无愧于西宁第一名！

我终于吃到了嘎张娃，是的呢，西宁排名第一的火热餐厅。我原本以为只是虚名，排队的人太多了，来打卡的明星太多了！几百人在排队。

老朋友小朱同学原本想请我在浦宁明珠塔顶吃西餐，然后看一下西宁夜景，被我有力的拒绝了。我十五年才来一次西宁，我坚决要吃西北菜，我不吃西餐！

我现在很负责任地告诉大家，毫无疑问，尕张娃的西北菜是西宁最好吃的。到目前为止，没有之一。

他的羊肉炕锅简直是顶级的美味，比尕胖好吃。菜是我点的，是土豆宴，土豆炕锅，洋芋津津（我第一次吃）。前几天吃了洋芋汤汤、洋芋条条、洋芋叉叉，我第一次吃到了洋芋津津。

服务员说："你们的炕锅羊排里有洋芋了，还单独要吗？"我坚持要了。

还有西北最著名的菜：酸菜洋芋粉条，又酸又辣。

当然还有青稞饼，是我吃过的最好吃的青稞饼，没有之一。

我可以很确定地告诉大家，做洋芋，西北排第一！毫不吹嘘地说，100 种做法是有的！

西北菜打在了我的七寸上，不细腻，特别浩荡，但席卷了整个舌尖。

我表妹曾经说过我是个奇迹，上天十分厚爱我，因为和我同龄的女人为了保持身材几乎晚上都不吃饭，像我这样天天全国出差大吃二喝，还没有长到180斤的，目前只有我一位。

这九天我的胃里主要是羊肉、各种各样的土豆、青稞、各种各样的加了香豆的饼，没有蔬菜，谢谢。

31 日

今天是我在青海的最后一天，我把这一天留给了一个人。她叫和芳，她今天从甘肃奔到了青海，八百里加急来见了这个她梦里的人。

是啊，永远怀着想见一个人的冲动，然后千里迢迢去看她，无论她在闹市还是深山，无论她年轻还是年老，她在，便是一个召唤，而奔向这个召唤，是一种能力。

有时候跨越千山万水去见一个人，其实是奔赴另一个自己。

和芳今年51岁，并不年轻了，她说从35岁开始喜欢我，到现在已经十六年了。去年四月她参加了我在上海的读者见面会，"我特意从兰州飞到了上海，只为看你一眼"。当时人太多了，她说没能挤上去和我说一句话，甚至连张合影都没有。看到我来青海，她便决定来看我。

她在刘家峡，是的，就是课本上那个刘家峡水电站。我以为很近，没想到在甘肃，没想到是800里加急。她昨天为我做了头发，还穿上了自己最喜欢的衣服，她说："雪老师，我兴奋激动得一个晚上都没睡觉。"见了面，她就哭了。她奔向我的那个瞬间，我紧紧地拥抱了她。并且告诉她：这一天我都属于她。

我一直幽默地和她开玩笑，因为她丈夫以为她去私奔，但她来见的却是一个中年女人。我开玩笑说："告诉您先生，有他没我，有我没他。"

是的，我的绝大多数读者都是中年女性，年龄在 30 岁到 60 岁之间居多，她们有一定的生活阅历，她们优雅得体，向往美好的生活，比如和芳，她说少年的时候喜欢三毛，从 35 岁开始喜欢雪小禅。

我很惭愧被这么多同龄人喜欢，因为觉得我只是活得更自在、更松弛、更丰富一些而已，我从她们身上看到的光芒更多。

和芳一直叫我女神，我说我其实是女神经呢。她说："雪老师你为什么看起来这么年轻？我丈夫说，你追什么星？你 50 多了，为什么去追一个 30 多的……"我哈哈地笑着，感谢她先生觉得我才 30 多，明明我也年过半百啦！

我想生命力的年轻才会显得一个人年轻吧，我让她告诉丈夫：她追的不是星，是她自己的梦，小禅同学也不年轻了，也是一个地道中老年，只不过，心里是一个老少年！

她紧紧拥抱我的那一刹那，我终于落泪了……人活着，其实被别人懂得是最大的慈悲，感谢这份慈悲，我们来日方长。

天真独朗

　　我居然忘记与明毓是怎样认识的。我问他，他挠着已白了五分之一的发说："小禅姐，我也忘了。"

　　此时，我们坐在他的琉璃世界中喝茶聊天，八月的雨下得急，一屋子的琉璃散着熠熠的光，这是他的琉璃世界。他是世人眼中英俊帅气的"琉璃王子"，现实中，比他帅美的男子不多，他大抵也知道，所以，也能通过茶会展示出来。有时候我觉得，那些茶会过于隆重的形式和外在反而掩盖了明毓的光芒，他的艺术天分才更让人眼热心跳。

　　算来我认识明毓已十年了吧。我出差时经常到大兴机场坐飞机，常看到他设计的琉璃作品展览，就拍给他看，拍过很多次。我喜欢那些在视觉上和艺术上都直击人心的作品——我早年也收藏过杨惠珊老师的一些琉璃。

　　"愿我得菩提时，身似琉璃。"

　　他设计的琉璃观音，低眉垂笑，那慈悲在眼前。还有那紫色琉璃莲花，是我，又不是我。

　　2019年，明毓在苏州"上巳花田"茶会给我打电话："姐，你来玩。"我恰巧也有读者见面会，错过了。

　　几年前的一个茶会，在李玉刚先生的玉空间。我与玉先生也相熟，有一天他来禅园吃饺子喝茶，大概是七八年前的事情了，说了什么也忘记了，只记得那天做了大龙虾，玉先生说那是他吃过的最好的龙虾。

那场茶会叫"玉毓生辉"，明毓给我发微信："小禅姐，你来给茶会做个艺术讲座？"我喜悦应之："我来。"那是2020年，那场茶会美极了，我还见到了圆光、插花师刚子，还有银汉晴……那晚我讲了自己喝过的那些一期一会的茶。

玉空间里，我见到明毓霸气指挥、调度，转而又文雅到极致，坐在那里拍照、喝茶——他角色转换迅速，从一个江湖到另一个江湖，他都笑傲。

他扭头看见我："姐，我顾不上你，你自己找茶喝。"我笑："明毓，你身上的江湖气热烈而坦荡。"他愣了一秒，然后问："姐，我有江湖气？"我说："你有。"

大概这句话是石破天惊的。我读吴昌硕传记，他在上海声名鹊起，笔底明珠有处卖，一时洛阳纸贵，但他酒局多、饭局多、茶局多，流连忘返，不疲，且酒量大，豪爽至极。我看吴昌硕的画，尽是文人气和金石气，那石头、那花、那草木飞禽，都是吴昌硕；那酒色财气，也是吴昌硕。恰如别人眼中一尘不染的琉璃王子梁明毓，与我眼中的江湖儿女梁明毓，二者在一起，才更有琉璃真世界。

甲辰初夏，明毓又在重庆搞茶会：听松风。这三个字真美，世间好物好茶好因缘凑在一起，是美美与共。明毓又邀我："小禅姐，来重庆一起听松风、看长江、吃火锅。"

我说："好呀好呀。"重庆的山山水水映衬我的中年心意：南山上古寺喝茶，窗外是长江水。这重庆，松风阵阵，山山如川。

我每日走在长江边，去重庆故宫文物南迁纪念馆看明毓布置茶会，他依旧霸气十足。他穿着宝蓝色茶服，宽大飘逸，行走在布满无尽夏的茶空间，房顶上布满了松枝，入口处让他布置成了一幅文徵明的画，每个站在屏风前的人都成了画中人，屏风上的三个大字"听松风"是他现场挥墨。

我爱看他的工笔画，灵动飘逸。

我爱他的书法，俊俏偶傥。

他制作的琉璃茶器，非常配他的人、他的字、他的画、他的脾气，更配他的长相、他的江湖气，他为人的豪爽、坦荡、赤烈。

那文雅背后的热烈之气藏在一件件琉璃作品中，灵动中有拙气，那拙气又是热的，散发出勃勃生机。你只想捧着那美器看，叹为观止。

梁公子是中国做琉璃茶器的第一人。他做的琉璃空灵之外，都有喜气，喜气入尘世之欢，梁公子也入尘世，这是他的琉璃世界。佛经上说，药师琉璃光佛手执药钵，医治一切众生无名痼疾。他的琉璃世界是药师佛的净土，也是很多茶人的净土。

很多茶人用明毓的琉璃茶器，在茶会上生辉、发光。想起一句俳句，小林一茶说：谁家莲花吹散，黄昏茶泡饭。梁公子的茶器有空灵灵的烟火之美，着实让人欢喜。

甲辰秋日，我与明毓约在马连道喝茶吃饭，茶是厦门吴先生的十二巡，那道凤凰单枞惊艳了我的嗅觉，秋雨真真地飘落，他点了武夷山土菜给我吃。

"那个辣椒炒芋头丝好吃极了。"

而他早生的华发让他看起来更帅美。"我少白头，二十多岁就有白发，过了四十岁要半月染一次，嫌麻烦，索性与白发和解了，不再染了。"他一字没说琉璃，却句句是琉璃。

春天，我在日本小住了一个月，看樱花、看古寺。在三千院看到一块书法牌匾，上面写了四个字：天真独朗。我忽然想到明毓，他嘱我写篇琉璃文章已经多年，一转头看见这四个字，我知道标题有了。

古拙，有意趣，有灵魂，看着舒坦，这是梁明毓，也是他的琉璃，唐宋清风，民国味道，天真，独朗。